Matrimonio forzado

Melanie Milburne

Bianca™

◇ HARLEQUIN™

Editado por HARLEQUIN IBÉRICA, S.A.
Hermosilla, 21
28001 Madrid

I.S.B.N.: 978-84-671-5547-1
Depósito legal: B-47260-2007
Editor responsable: Luis Pugni
Composición: M.T. Color & Diseño, S.L.
C/. Colquide, 6 - portal 2-3º H, 28230 Las Rozas (Madrid)
Fotomecánica: PREIMPRESIÓN 2000
C/. Algorta, 33. 28019 Madrid
Impresión y encuadernación: LITOGRAFÍA ROSÉS, S.A.
C/. Energía, 11. 08850 Gavá (Barcelona)
Fecha impresion para Argentina: 9.6.08
Distribuidor exclusivo para España: LOGISTA
Distribuidor para México: CODIPLYRSA
Distribuidores para Argentina: interior, BERTRAN, S.A.C. Vélez
Sársfield, 1950. Cap. Fed./ Buenos Aires y Gran Buenos Aires,
VACCARO SÁNCHEZ y Cía, S.A.
Distribuidor para Chile: DISTRIBUIDORA ALFA, S.A.

Capítulo 1

¿QUE ME case? –Jasper Caulfield casi se ahoga al decirlo–. ¿Te has vuelto loco?

Duncan Brocklehurst miró a su cliente de manera empática.

–Supongo que es la forma que tiene tu padre de seguir ejerciendo control desde la tumba.

–¿Quieres decir que no hay forma de escapar de ello? –preguntó Jasper, frunciendo el ceño.

–Me temo que no, Jasper –contestó el abogado–. Si quieres Crickglades, vas a tener que cumplir las condiciones del testamento del anciano, y pronto, ya que si no todo irá a parar a tu hermano Raymond.

Jasper se levantó y comenzó a andar por la sala, agitado.

–Esto es completamente vergonzoso. ¡Por el amor de Dios, Raymond es sacerdote! ¿Qué va a hacer él con un lugar del tamaño de Crickglades?

–Mira, quizá no sea tan malo –lo consoló Duncan–. Todo lo que tienes que hacer es convencer a Hayley Addington de que se case contigo y vivir con ella durante un mes. Entonces la herencia será tuya.

–¿Hayley Addington? ¿Estás completamente loco? Incluso si quisiera casarme por mi voluntad, lo que definitivamente no quiero, ella es una de las últimas mujeres a las que me plantearía atarme, incluso temporalmente. Además, ella me odia.

–Lo que quizá sea la razón por la que Gerald redactó así su testamento –señaló Duncan–. Es una cláusula muy extraña.

–¿Extraña? –Jasper resopló, incrédulo–. Es completamente ridículo, eso es lo que es. ¿Quién demonios se casa por un mes?

–Sé que no es frecuente, pero si fuera tú, pensaría en ello muy seriamente –dijo Duncan–. Éste es el sueño de cualquier promotor inmobiliario. La tierra vale una fortuna y seguro que merece la pena el sacrificio de estar casado durante un corto espacio de tiempo, ¿no te parece?

Jasper respiró profundamente mientras volvía a sentarse. Él tenía sus propias razones para querer Crickglades, y se iba a asegurar por todos los medios de que lo conseguía. Acarició su pelo negro antes de mirar el documento que había en el escritorio como si fuera algo venenoso.

–¿Y cómo voy a convencer a Hayley de que se case conmigo?

–Eres muy gracioso –dijo Duncan, riéndose–. ¿Por qué no utilizas un poco de ese encanto por el que se te conoce? Si lo que se dice en la prensa es verdad, tienes a toda una fila de mujeres que te adoran siguiéndote todo el tiempo.

–Sí, bueno, va a costar mucho más que poner un poco de encanto por mi parte el que Hayley acceda a casarse conmigo. De todas maneras, ¿qué obtiene ella del acuerdo? Yo creía que ella lo había convencido para que le dejara todo. ¿Cambió el viejo de idea en el último momento?

–Su anterior testamento había sido bastante sencillo, pero hizo uno nuevo días antes de morir –Duncan miró los documentos que tenía delante–. Esta vez ella obtiene una cuantiosa suma de dinero, pero sólo si se casa y vive contigo durante el mes estipulado.

–¿A cuánto asciende la suma de dinero?

Cuando Duncan le dijo la cantidad de dinero, Jasper se quedó impresionado.

–¿Tanto?

–Sí. Un buen incentivo, si me preguntas a mí.

–No importa el incentivo que haya establecido mi padre. Ella nunca accederá a casarse conmigo –dijo Jasper, frunciendo el ceño–. ¿En qué estaría pensando el anciano?

–No lo sé, pero tu padre insistió en que no debería haber intercambio de dinero entre vosotros. No puedes pagar a Hayley para que sea tu esposa. Como tampoco puede haber ningún acuerdo prematrimonial.

–¿*Qué*? –Jasper estaba impresionado.

Duncan le acercó el documento por encima del escritorio.

–Ahí lo tienes escrito muy claro. No puede haber acuerdo prematrimonial.

–¡Eso es un suicidio financiero! –dijo Jasper, encolerizado–. Esto es una locura, sobre todo si tienes en cuenta lo que le ocurrió a mi padre cuando la madre de Hayley, Eva, que es una mujerzuela, le quitó la mitad de sus bienes. Vamos, seguro que hay alguna manera de salir de ésta, ¿no?

–Lo siento, Jasper. Tu padre ha dejado esto tan atado que se necesitaría un milagro para poder hacer las cosas de distinta manera. No te queda otra cosa que hacer que cumplir con las condiciones del testamento. Consigue que Hayley Addington se case contigo y después reza para que no te siga odiando cuando finalice el mes y que no te deje sin blanca.

–¿Conoce ella los detalles del testamento?

–Ayer estuve con ella.

–¿Y?

–Tienes en tus manos un gran reto, Jasper –dijo Duncan–. Ella no sólo te odia, sino que además está comprometida con otro hombre.

–¿*Está comprometida*? –Jasper sintió como si alguien le hubiese clavado un puñal.

Duncan asintió con la cabeza.

–Debes darte prisa ya que planea casarse el mes que viene.

Jasper maldijo.

–Mencionó que no asististe al funeral –dijo Duncan.

–No pude regresar a tiempo –respondió, impasible–. Estaba de negocios en el extranjero.

–Tengo que decir que Hayley no estaba muy contenta por ello –prosiguió Duncan–. Ella tenía la impresión de que estabas retozando en el Caribe con Collette o Claudia, o como quiera que se llame tu actual novia.

–Se llama Candice y ya no es mi novia.

–Entonces mejor –dijo Duncan–. ¿Cuándo fue la última vez que viste a Hayley?

–Creo que fue hace un par de años en una de las fiestas que mi padre organizó en el jardín para recaudar fondos para la parroquia de Raymond –dijo Jasper, estremeciéndose al recordarlo–. Hice un comentario sobre el conjunto de ropa que llevaba y ella me tiró su bebida a la cara. Me destrozó una camisa de diseño que estrenaba aquel día.

–Encantador.

–Sí, así es Hayley. Pero es una pena que mi padre no se diera cuenta de lo sibilina que es. Uno piensa que debería haber aprendido de su experiencia con la fulana de su madre, pero no... él pensaba que Hayley era

diferente. Pensaba que el sol brillaba por sus ojos azu-
les verdosos. Dios, solía ponerme enfermo la manera
en la que ella lo adulaba todo el tiempo.

–Nunca se sabe, quizá haya cambiado –dijo Duncan–. Cuando la vi ayer, me pareció una persona normal. En realidad, pensé que era bastante dulce.

–Sólo estuviste un rato con ella y se supone que yo
tengo que estar todo un mes.

–Eso si puedes convencerla de que se case contigo
en vez de con Myles Lederman.

–¿Myles Lederman, eh? Mi hermano Raymond
tiene razón –dijo Jasper, sonriendo–. Después de todo,
debe haber algo bueno.

–¿Conoces a este tal Lederman? –preguntó Duncan.

–Nuestros caminos se han cruzado un par de veces.

–Sí, bueno... todavía creo que lo tienes difícil aunque tengas algunos contactos convenientes.

Jasper se levantó y, cuando llegó a la puerta, le dirigió al abogado una mirada llena de determinación.

–Si tengo que arrastrar a Hayley al altar gritando y
pataleando, lo haré. Simplemente obsérvame.

–Tu próximo cliente está aquí –informó Lucy a
Hayley desde la puerta.

–Gracias, Lucy. Saldré en un momento a recibirla.

–Erm... –Lucy carraspeó–. No es ella. Es él. Y es
muy guapo.

Hayley se dio la vuelta, frunciendo el ceño.

–Pero la señora Fairbright siempre viene a esta hora
para que le tiña las cejas. ¿Ha anulado la cita en el último minuto?

–Debe de haberlo hecho –dijo Lucy–. De todas maneras no creo que estés decepcionada con el que ha ve-

nido en su lugar. Dios, desearía poder hacerle la cera en el pecho o cualquier cosa que quiera.

–¿Qué es lo que quiere?

–No lo sé. No miré el libro de citas. Simplemente ha dicho que tenía una cita contigo a las tres. Ha sido bastante tajante sobre ello.

–Entonces, si soy yo a la que quiere, me tendrá –dijo Hayley con orgullo–. Bayside Best for Beauty funciona así; dándoles a nuestros clientes, tanto a hombres como a mujeres, una experiencia terapéutica memorable en belleza.

Hayley se arregló su uniforme rosa y blanco y esbozó una brillante sonrisa mientras salía a recepción.

–¡*Tú*! –gritó al verlo, impresionada

–Yo también me alegro de verte, Hayley –dijo Jasper, arrastrando las palabras–. ¿Cómo van las cosas?

–Vete de mi salón de belleza. *Ahora* –ordenó, dando una patada en el suelo.

–¿Tu salón, eh? –dijo él, silbando y mirando a su alrededor–. ¡Qué pena que no vayas a ser capaz de conservarlo!

–¿Qué has dicho? –dijo ella, frunciendo el ceño.

–Acabo de adquirir una propiedad en este bloque. Era una ganga.

–¿Y qué? –Hayley estaba muy alterada.

–Pues que... –comenzó a decir él–. Desde hoy soy tu nuevo casero.

–Pero... ¡pero eso es imposible! –exclamó Hayley, que se quedó con la boca abierta.

–Los trámites legales han finalizado esta mañana –dijo Jasper, a quien le brillaban los ojos de satisfacción–. Por eso estoy aquí.

En ese momento la puerta principal se abrió y entró

una clienta. Hayley miró a la señora y sonrió, diciéndole entre dientes que Lucy la atendería.

–No podemos discutir esto aquí –dijo en voz baja–. Será mejor que vayamos a mi despacho.

Mientras se dirigían a él, Hayley sintió cómo se le revolvían las tripas. Cada vez que veía a Jasper Caulfield sentía cómo el enfado se apoderaba de ella. No lo había visto desde hacía tres años y nada había cambiado... Todavía seguía odiándolo profundamente.

Cuando llegaron a su despacho, se sentó detrás de su escritorio. Él se sentó frente a ella.

–Supongo que me vas a cobrar una renta escandalosa o algo parecido –espetó, resentida.

–Eso depende –contestó él, analizándola con la mirada.

–¿De qué?

–De tu cooperación.

–¿Por qué no vas directo al asunto? –preguntó ella–. Si estás aquí para tratar de intimidarme, puedes marcharte ahora mismo. No funcionará.

–De hecho, estoy aquí por otro asunto.

–¿Oh? –Hayley lo miró de manera desdeñosa–. Así que después de todo quieres un tratamiento facial de lujo, ¿no es así?

–Quiero que seas mi esposa.

–¿Tu qué? –preguntó ella, impresionada.

–Quiero que te cases conmigo –dijo él, sin quitarle de encima su oscura mirada.

–Debes de estar bromeando.

–No lo estoy.

Hayley se levantó y empotró la silla en el escritorio.

–¿Cómo te atreves a venir aquí y hacerme perder el tiempo? –clamó–. Ya le dije ayer al abogado de Gerald que no me casaría contigo aunque fueras el último hombre sobre la faz de la tierra.

–No me digas que tengo que deshacerme de todos los demás hombres de la tierra para ver si realmente estás diciendo la verdad –comentó fríamente.

–¡Márchate! –gritó ella, señalando la puerta. Estaba furiosa.

Él se echó para atrás en la silla y cruzó una pierna sobre la otra.

–Échame tú.

Hayley estaba encolerizada. Vio reflejado en los ojos de él que la estaba retando. Se le aceleró el corazón y le temblaron las piernas. Estar en presencia de Jasper Caulfield siempre tenía aquel efecto sobre ella.

–Te voy a pedir una vez más que te marches y si no lo haces, voy a telefonear a la policía –dijo, tratando de que su voz pareciera firme.

Jasper se levantó y se acercó a ella. Hayley se echó para atrás, pero su despacho era demasiado pequeño como para que ello supusiese una diferencia.

–A... apártate de mí –dijo, sin ser completamente capaz de disimular lo desesperada que estaba.

–¿De qué tienes miedo, Hayley? –preguntó él, acercándose aún más a ella–. ¿De que te dé un beso, como me pediste hace tantos años?

Hayley apretó los dientes, ruborizada al recordar la única vez en que había perdido su autocontrol.

–No te atreverías.

–Oh, sí que lo haría –dijo él suavemente, tomando entre sus dedos un mechón del oscuro pelo rizado de ella y jugueteando con él.

Hayley tragó saliva al erizársele los pelos del cuero cabelludo. Le dio un vuelco el estómago cuando él acercó tanto su pecho que casi rozó los suyos. Estaba muy avergonzada de la manera en que su cuerpo estaba respondiendo a la cercanía de él. Podía sentir cómo se le estaban endureciendo los pezones y cómo un traicionero deseo se estaba apoderando de ella.

–¿No te estás ol... olvidando de algo? –preguntó sin aliento–. Ya estoy comprometida.

–Cancélalo.

–¡No, no voy a cancelar mi compromiso!

–Él está teniendo una aventura con otra, lo sabes.

–¡Eso es mentira, una calumnia!

–Tengo pruebas.

–No te creo –dijo ella. Pero los constantes pensamientos que había estado tratando de apartar de su mente durante los últimos días comenzaron a asaltarla de nuevo.

–Tengo fotografías, por si quieres verlas. Ella se llama Serena Wiltshire. Es una rubia alta y con grandes pechos. Y una sonrisa deliciosa.

Hayley sintió ganas de vomitar y se preguntó cómo podría haberle hecho Myles aquello. Él le había dicho que la amaba y le había prometido una casa e hijos. Una familia. Seguridad.

Y ella lo amaba...

–¿Entonces qué, Hayley? –dijo Jasper–. ¿Te apetece ser mi esposa durante un mes?

–No puedo imaginarme nada peor.

–¿Y si te quito tu salón de belleza? ¿No sería eso mucho peor?

–No harí...

Jasper no la dejó terminar ya que le puso el dedo índice sobre sus suaves labios.

–Oh, sí que lo haría. Simplemente tienes que observarme, cariño.

Hayley trató de contener su pánico. Estaba pagando a duras penas el alquiler y si él decidía cobrarle una suma desorbitada de dinero tendría problemas para pagar.

–Si lo piensas, Hayley, ésta es una oportunidad perfecta de vengarte de tu mentiroso novio –dijo Jasper, quitándole el dedo de la boca–. Dile a Lederman que te has enamorado de mí. Le afectará mucho que me elijas a mí en vez de a él.

–Nadie me creería si dijera que me he enamorado de ti –dijo con desprecio, aunque todavía le vibraban los labios–. Creerían que me caso contigo por tu dinero.

–Supongo que ambos tendremos que darle un repaso a nuestras habilidades interpretativas –dijo él–. Tú tampoco eres la mujer de mis sueños. No diría que eres la última mujer con la que tendría una relación ni nada de eso, pero estás en una posición muy baja en esa lista.

–Ya veo que suspendiste el examen de ingreso al colegio donde enseñan a ser encantador.

Jasper se rió y se apartó de ella. Se acercó al escritorio y tomó una fotografía de su padre que ella había hecho días antes de la muerte de éste. Se quedó mirándola durante largo rato antes de volver a ponerla en su sitio. Cuando se volvió a mirar a Hayley, su cara no reflejaba ninguna emoción.

–Te telefonearé en un par de días –dijo él–. Mientras tanto, no hagas nada que yo no hiciera.

–Eso deja las posibilidades abiertas. Me parece que hay muy poco que tú no hicieras para salirte con la tuya.

–Yo también te quiero, Hayley –dijo Jasper, lanzándole un beso.

Cuando la puerta se cerró tras él, ella sintió un leve escalofrío de aprensión. Siempre había habido algo peligroso en aquel hombre. Nunca se había sentido segura a su lado.

No se iba a casar con él de ninguna manera. Ni siquiera iba a pensar en ello.

No se atrevía a hacerlo...

Capítulo 2

SIGUE en pie la cena de esta noche, Myles? –preguntó Hayley, sujetando el teléfono mientras comprobaba su maquillaje en el espejo del cuarto de baño de su piso alquilado.

–Hum... esta noche quizá sea un poco problemático, querida –dijo Myles–. Tengo que verme con un nuevo cliente. Ha sido una cita de última hora. No puedo escaparme de ello. Lo siento.

Hayley se dio la vuelta para no ver reflejados el dolor y la decepción en sus ojos. Aquélla era la tercera noche consecutiva que Myles anulaba su cita.

–No pasa nada –dijo, tratando de ocultar lo hundida que se sentía–. De todas maneras tengo que revisar algunos documentos.

–Lo siento, Hayley. Mañana te telefoneo. Quizá entonces podamos vernos.

–Está bien –dijo ella–. Espero que te vaya bien con tu cliente.

–Sí, sí. Seguro que irá bien. Adiós.

Hayley acababa de colgar cuando el teléfono volvió a sonar.

–Hola, Hayley Addington al habla.

–Entonces todavía *sigues* hablándome –comentó Jasper irónicamente.

–Cuelga –ordenó ella, agarrando con fuerza el auricular.

–¿Cenas conmigo? –preguntó él.

–Debes de estar bromeando.

–Conozco un sitio magnífico al que podemos ir –dijo él–. Es muy chic y nunca sabes a quién te puedes encontrar.

–Esta noche estoy ocupada.

–No –dijo Jasper–. Vas a quedarte sentada en tu casa... sola, echando de menos a tu novio, que acaba de anular vuestra cita por tercera vez esta semana, ¿no es así?

–¿Cómo demonios lo sabes? ¿Tienes un aparato de escucha en mi teléfono o algo así?

Jasper se rió, provocando que a ella se le erizaran los pelillos de la nuca.

–Vamos, cariño –dijo él–. Yo te necesito y tú me necesitas. Salgamos a cenar y si nos encontramos con tu mentiroso novio puedes decirle que has cambiado de opinión sobre casarte con él.

–Myles va a cenar con un cliente –dijo ella, haciendo todo lo posible para ignorar sus propias dudas–. Es un agente inmobiliario muy ocupado que tiene clientes muy importantes.

–Si ése es el caso, entonces no debería preocuparte venir a cenar conmigo al mismo restaurante –señaló–. Myles supondrá que estamos cenando como cualquier hermanastra y hermanastro.

–*No* somos hermanastro y hermanastra –protestó Hayley–. O por lo menos ya no lo somos.

–¿Cómo está tu madre? –preguntó él–. ¿Por qué número de marido va ahora mismo? ¿El cuarto o el quinto?

Hayley pensó que en realidad iba por el sexto. No había visto a su madre desde hacía meses.

–Eres tan estúpido...

–Pasaré a buscarte en veinte minutos.

—¡No te atrevas!

—No me incites, cariño. Sabes cómo me altera.

—¡No iré contigo! —gritó Hayley—. ¡No lo haré!

Jasper no contestó. Ella quiso tirar el teléfono a la pared de la rabia que sintió, pero se contuvo.

En vez de eso, agarró las llaves de su coche y salió por la puerta.

El restaurante estaba lleno de gente, pero Hayley vio a Myles en cuanto entró. Estaba sentado a una mesa de la parte trasera, sujetando las manos de una rubia pechugona que lo miraba con adoración. Incluso vio cómo él se acercaba a besarla.

Estaba tan impresionada que ni siquiera se percató de que alguien había entrado detrás de ella. Pero entonces sintió una sólida y cálida presencia cerca de ella. Se dio la vuelta y vio a Jasper allí de pie.

—Hola, nena —dijo él, tomándole la mano—. Vamos a terminar con esto. He reservado una mesa que está tres mesas más allá de la de ellos.

Hayley lo siguió, aunque lo que en realidad quería era marcharse de allí. Cuando se acercaron a la mesa de Myles y éste los vio, su cara reflejó la impresión y la vergüenza que sintió.

—Hayley... —dijo a duras penas, ruborizado—. ¿Q... qué haces aquí?

—Yo... yo...

Jasper le apretó la mano para darle ánimos.

—Myles... he tomado una decisión —dijo Hayley, apretando a su vez la mano de Jasper—. Qui... quiero terminar nuestro compromiso.

—¡No puedes estar hablando en serio! —exclamó Myles, muy impresionado.

–Hemos terminado, Myles –aseguró ella, devolviéndole su anillo de compromiso.

–¡Pero tú te tienes que casar conmigo! ¡Tienes que hacerlo!

–¿Por qué? –preguntó Jasper antes de que ella pudiese decir nada.

–Porque... Porque me amas... ¿no es verdad, Hayley?

–En realidad, no –contestó ella, mordiéndose el labio inferior–. Pensaba que sí... pero durante todo este tiempo he estado enamorada en secreto de Jasper.

–¿*Jasper*? –Myles se quedó boquiabierto–. Pero siempre has dicho que lo odiabas muchísimo, que él había hecho de tu juventud un infierno y que...

–Todo eso ya está arreglado –interrumpió Hayley apresuradamente, decidida a marcharse de allí con por lo menos parte de su orgullo intacto–. Nos hemos enamorado y nos vamos a casar tan pronto como podamos.

–¿Pero y qué ocurre con los preparativos de la boda? –dijo Myles–. Mi madre ha invitado a mucha gente. Yo he pagado una fortuna por la recepción y...

–En realidad... –interrumpió Hayley de nuevo– he sido yo la que ha pagado por todo hasta el momento, incluida la luna de miel.

–Que no se va a malgastar –intervino Jasper, abrazando a Hayley por la cintura–. Tengo muchísimas ganas de que desaparezcamos los dos y de pasar día y noche durante nuestra luna de miel demostrándole cuánto la adoro.

Hayley sintió cómo se ruborizaba... y cómo el calor se apoderaba de ella.

–Señor Caulfield... –dijo el camarero, sonriendo– su mesa está preparada. Y el champán francés que ha pedido está en camino.

–Gracias, Giovanni –dijo Jasper, que se dio la vuelta hacia Myles–. Compañero, sin resentimientos –entonces miró a la pechugona rubia que lo acompañaba–. Pero parece que tú estás más que compensado por la ruptura de tu compromiso. *Ciao*.

Entonces se marcharon a su mesa.

–Pienso que ha salido muy bien –dijo Jasper, sentándose tras haberle separado la silla a ella.

Hayley esbozó una sonrisa venenosa y no respondió. Se preguntó cómo podría él divertirse tanto con aquello. A ella la acababan de humillar de una manera terrible y él se estaba riendo.

–Escucha, nena, no nos quitan el ojo de encima. Relájate y actúa como una mujer enamorada.

A Hayley le cayeron dos grandes lágrimas.

–No me puedo creer que él esté teniendo una aventura amorosa con *ella* –dijo, tratando de encontrar un pañuelo.

Pero Jasper le dio el suyo. Ella se sonó la nariz y se lo devolvió.

–No, quédatelo tú –dijo Jasper, mirando el pañuelo.

–No es ni siquiera atractiva. Y esos pechos no pueden ser naturales. Va tan maquillada que parece una... una... ¡una trabajadora de la calle, por el amor de Dios!

–Algunos hombres son muy incautos cuando se trata de tentaciones –dijo él, agitando la cabeza–. Ella no es la primera con la que tiene una aventura.

–Ahora entiendo por qué estaba siempre poniendo excusas para no acostarse conmigo. Decía que era porque quería que nuestra primera vez fuera la noche de bodas. Dios, ¿cómo pude creerlo? Debo de ser tonta. Ningún hombre quiere esperar para hacerlo más de dos citas... ¡como para esperar tres meses!

–¿Qué? –preguntó Jasper, frunciendo el ceño–. ¿Sólo has estado saliendo con él tres meses?

–Sí –contestó ella–. ¿Qué hay de malo en ello?

Jasper se echó para atrás en su silla y le dirigió una irónica mirada.

–¿Cómo puedes saber si quieres pasar el resto de tu vida con alguien en sólo tres meses?

–A los tres días de conocerlo supe que quería casarme con él. Él quería las mismas cosas que yo. Una boda por la iglesia, niños, y un compromiso de por vida para que nuestro matrimonio funcionase.

–¡Eso es ridículo! Atarse a alguien que no conoces completamente es buscarse problemas. Dios sabe los oscuros secretos que él podría tener escondidos.

–¿Quieres decir como tú? –dijo ella, mirándolo a su vez con ironía.

–Cállate, Hayley. No sabes de lo que estás hablando.

–A veces veo a la nueva suegra de Miriam –dijo con una mirada desafiante–. June Beckforth viene a mi salón de belleza. Me cuenta todo sobre *tu* hijo. Del que querías que Miriam abortara.

–*No* le pedí que hiciera eso.

–Oh, querido... estoy tan cansada de esa vieja historia... –dijo ella, bostezando.

–No sabes de lo que estás hablando –dijo él con dureza–. Tengo buenas intenciones con...

En ese momento el camarero se acercó con una botella en las manos.

–¿Champán, señora?

–Sí... gracias...

–Señor Caulfield –dijo el camarero, sirviendo la copa de Jasper–. ¿Qué celebramos?

–Nos vamos a casar –contestó Hayley, sonriendo al camarero–. Por fin he amansado al hombre que decía que nunca se iba a casar. Creo que eso merece una celebración, ¿no cree?

–Desde luego –estuvo de acuerdo el camarero–. ¿Cuándo se celebrará la boda?

–En tres semanas –contestó ella–. Estoy tan contenta que apenas puedo esperar.

–Felicidades a los dos –ofreció el camarero.

Jasper esperó a que el camarero se marchara antes de hablar.

–Escucha, pequeña dama –gruñó–. Puedes dejar esa actitud revoltosa ahora mismo. Quiero que la gente crea que esto es verdadero, no un plan fabricado por ti para dejarme en ridículo.

–Nadie se lo va a creer.

–Tu ex acaba de creérselo.

–Sólo porque yo quería que lo hiciera –dijo ella, levantando la barbilla–. Era cuestión de orgullo.

–Sí, bueno, yo también tengo mi orgullo y si tú más o menos insinúas que nuestro matrimonio no será real, te quitaré el salón de belleza tan rápido que no te darás cuenta de ello.

–¡No te atreverías!

–Simplemente obsérvame, magdalena.

Otro camarero se acercó con la carta y a dejar dos panecillos en la mesa.

–¿Qué has querido decir con eso de que nuestro matrimonio «no será real»? ¿No estarás esperando que me acueste contigo?

–Desde luego que no –contestó él, dirigiéndole una mirada de desdén.

–Bien, porque no lo haría ni aunque me pagaras –dijo Hayley, esperando no mostrar lo sorprendida que se había quedado ante la intensidad de la negativa de él.

–Yo no lo haría si tuviera que pagarte –rebatió él–. Lo primero porque nunca antes he tenido que comprar a ninguna mujer y segundo porque sería una pérdida de dinero ya que no estoy ni siquiera un poco interesado en una malhumorada y mimada mocosa que debería haber crecido hace años.

Hayley bajó la mirada, preguntándose por qué le había afectado tanto la rotundidad de él. Aunque no era vanidosa, sabía que era atractiva; sus clientes se lo decían siempre. Sabía que tenía que moldear un poco su cuerpo, pero lo conseguiría yendo al gimnasio.

–Bien, porque a mí tampoco me atraes tú –dijo, agarrando su copa de champán, esperando que él no se diera cuenta de que estaba mintiendo. Quizá lo odiara, pero parecía que su cuerpo no atendía a esos sentimientos.

–Es mejor que sea así –dijo él–. No querría que te llevaras una impresión equivocada sobre hacer este matrimonio permanente. Sólo tenemos que vivir juntos durante un mes. Si lo hacemos durante más tiempo probablemente nos mataríamos el uno al otro.

–Tienes muy subido tu ego, ¿no es así? –dijo con desdén.

–No más que cualquier otro soltero multimillonario de Sidney.

–Sí, tienes razón –dijo ella, esbozando una mueca–. Van detrás de tu dinero, ¿sabes?

–Y aquí estaba yo pensando que era el maravilloso sexo que tenían conmigo.

Hayley sabía que estaba muy ruborizada, pero aun así prosiguió con el tema.

–¿Sabes una cosa? Realmente odio a los hombres como tú. Piensas que sólo por tener dinero puedes conseguir lo que quieras.

–Y *puedo* conseguir lo que quiera.

–Puedo negarme a casarme contigo, y entonces no será así –provocó ella imprudentemente.

–No te atreverías.

–Claro que me atrevo –dijo ella, mirándolo con los ojos brillantes.

Jasper se acercó y le tomó una mano.

–Sí, podrías, pero habría consecuencias. ¿Quieres que te las explique otra vez?

Hayley sintió cómo le daba un vuelco el estómago al sentir los dedos de él sobre los suyos. Lo miró a los ojos, dándose cuenta de que eran como unos oscuros pozos misteriosos. Él era un despiadado hombre de negocios. Había hecho su fortuna como gestor inmobiliario antes de cumplir los treinta. Era guapísimo y ella siempre se había sentido perturbada en su presencia.

Y en aquel momento la perturbaba más que nunca.

–He trabajado muy duro para crear la reputación que tiene mi salón de belleza –dijo, apartando su mano–. Gerald estaba muy orgulloso de lo que conseguí.

–Sólo porque él aportó los fondos para crearlo.

–¡No lo hizo! –dijo ella–. Se ofreció a hacerlo, pero yo no lo acepté.

–Siempre fuiste buena camelándote a mi padre y a Raymond. No miraban a nadie más cuando tú estabas delante.

–Y eso te enfadaba, ¿verdad? –preguntó ella–. Pero era tu culpa. Parecía que querías enfadar a tu padre en cada oportunidad que tenías.

–Y tú le hacías la pelota cada vez que podías, contando cuentos sobre mí todo el tiempo, metiendo tu respingona nariz en los asuntos de los demás.

–¿Respingona nariz?

–Sí, respingona.

Hayley se llevó una mano a la nariz para analizar su contorno.

–¿Realmente crees que es tan fea? –preguntó.

Jasper frunció el ceño al ver la alicaída expresión de la cara de ella. Sabía que se estaba comportando como un malnacido, pero no podía evitarlo cuando estaba delante de ella. Ella le hacía sentir cosas que él no quería sentir. A veces quería estrangularla por los estúpidos cuentos acusadores que habían convertido su vida en un infierno... y a veces quería besarla sin parar.

–Bueno, quizá no sea respingona, pero sí que es un poco alta en la punta.

–¿Y a ti te parece que eso no es atractivo? –preguntó ella con la inseguridad reflejada en el tono de voz–. Dios, no me extraña que Myles no...

–Por Dios, Hayley, tu nariz no tiene nada que ver con ello –dijo Jasper–. Él es un idiota traicionero y tú estás mejor sin él. Se ha marchado hace veinte minutos sin mirar hacia nuestra mesa. No tiene nada que ver con tu aspecto. Tú estás bien. De hecho, muy bien. Tienes unas piernas estupendas.

–¿Eso crees? –preguntó ella, cuya expresión se iluminó.

–Sí, es una pena lo de la nariz, pero las piernas lo compensan.

Hayley se acercó y le dio un golpe en el brazo.

–Eres un estúpido.

–Lo sé, pero de todas maneras me amas.

–Yo *no* te amo.

–Lo sé, pero eso sólo lo sabemos tú y yo –dijo–. El resto del mundo tiene que creer lo contrario.

–¿Quiere eso decir que vas tener que rebajar tu monumental actividad sexual durante el próximo mes? –preguntó ella.

–¿Cómo es que conoces tú mi vida sexual?

–A veces leo las páginas de cotilleo. Estás en todas, con una mujer diferente colgada de tu brazo cada semana. Es desagradable.

–Es excitante, eso es lo que es –dijo él, esbozando una sonrisa–. Tú simplemente estás celosa porque Myles no te hacía el amor.

Hayley apretó los labios ante la grosería de Jasper.

–¿Cómo vas a sobrellevar ser célibe durante un mes?

–No te preocupes. Seré discreto.

–¿Quieres decir que te acostarás con otras mujeres mientras vives conmigo? –preguntó ella, frunciendo el ceño. Le dolió el corazón al pensarlo.

–¿Por qué no?

Hayley se echó para atrás en su silla y se cruzó de brazos.

–De ninguna manera. Si voy a tener que acceder a este matrimonio tan ridículo, quiero que cumplas mis reglas del juego.

–Soy yo el que crea las reglas, cariño –le recordó él–. Pero si tú quieres ofrecer tus servicios de vez en cuando, estaré más que agradecido.

–¿No habías dicho que yo no te parecía nada atractiva?

–Con las luces apagadas, creo que sería capaz de actuar –dijo él, sonriendo descaradamente.

Hayley hundió su cara en la carta. En lo último en lo que quería pensar era en la actuación sexual de Jasper. Se le aceleraba el pulso con sólo tener las piernas de él tan cerca de las suyas. Podía imaginarse cómo sería sentir el fuerte y atlético cuerpo de él presionando contra el suyo, sus muslos entrelazados, su sensual boca llevándola al paraíso...

Capítulo 3

DÓNDE teníais planeado Myles y tú ir de luna de miel? –preguntó Jasper una vez les hubieron retirado los primeros platos.

–Íbamos a ir a Green Island –contestó ella, desanimada.

–Lo que dije lo dije en serio –dijo él–. No hay motivo para perderse unas vacaciones.

–¿Quieres decir que vayamos juntos? ¿Los dos? ¿Solos? –preguntó ella, a quien le comenzó a palpitar con fuerza el corazón por el pánico.

–¿No es eso lo que hacen las parejas de recién casados?

–No quiero ir contigo –dijo ella, haciendo un mohín–. Y desde luego que no en lo que se suponía que iba a ser *mi* luna de miel.

–¿Sabes una cosa, Hayley? No creo que ni siquiera estuvieras enamorada de Myles.

–¡Desde luego que estaba enamorada de él!

–¿Estabas? –preguntó él, levantando una ceja.

–Quiero decir que todavía *estoy* enamorada de él –se apresuró a corregir–. Todavía estoy en el proceso de asimilar la impresión que me ha causado descubrir lo de su... aventura...

–Él no era para ti –dijo Jasper–. Para empezar es mucho mayor que tú; podría ser tu padre. Y si realmente te amara no hubiera aceptado tu rechazo sin pelear. No es suficientemente fuerte para alguien como tú.

Hayley le dirigió una mordaz mirada por encima de su vaso de vino.

–Oh, y supongo que tú sabrás quién sería mi media naranja, ¿no es así? Tú no eres precisamente lo que yo llamaría un experto en relaciones. De todas maneras, ¿cómo ibas tú a saber lo que constituye una buena relación? Desde que eras un quinceañero has dejado tras de ti un reguero de corazones rotos.

–¿Qué le voy a hacer si las mujeres me consideran superatractivo?

–Para mí no lo eres.

–Una vez lo fui... ¿no lo recuerdas?

Hayley deseaba poder borrar aquel estúpido incidente de la mente de ambos. Él nunca dejaba pasar la oportunidad de recordarle su decimosexto cumpleaños cuando, bajo la influencia del alcohol, ella se había tirado a él, suplicándole que le hiciera el amor. Había sido el episodio más vergonzoso de toda su vida. El frío desdén que había empleado él cuando la hubo sacado de su habitación todavía le atormentaba.

–Prefiero estar con un hombre que tenga conciencia. Lo que le hiciste a Miriam Moorebank es imperdonable.

Los oscuros ojos de él reflejaron enfado.

–¿Sabes una cosa? Creo que me va a divertir mucho estar casado contigo –espetó–. Por fin voy a tener la oportunidad de amansarte como alguien debería haber hecho hace mucho tiempo.

Al mirarla él a los ojos, Hayley sintió algo caliente y vivo entre los muslos. Se le aceleró el corazón; parecía que el peligro se había apoderado del ambiente.

–Yo no he dicho que me vaya a casar contigo –dijo ella como último acto de rebeldía.

–No te voy a dar la oportunidad –dijo él–. He estado investigando un poco tus negocios. Estás al límite de tus posibilidades financieras. Y mientras que tu clientela es buena y va aumentando, una subida en el alquiler te pondría en una situación muy precaria.

–Me tendrías que llevar al altar gritando y pataleando –advirtió ella.

–Ya he pensado en esa posibilidad.

Hayley se quedó mirándolo durante un momento mientras pensaba.

–Le tendiste una trampa a Myles, ¿verdad? –lo acusó–. Pagaste a esa mujer para que lo apartara de mí.

Jasper se echó para atrás en su silla y agarró su vaso de vino.

–No necesitó que lo engatusara mucho –dijo–. Con sólo mirar su escote ya estuvo perdido por ella.

Hayley tuvo problemas para controlar su cólera. La estaba quemando por dentro. Fue a agarrar su vaso pero, como si sintiera lo que ella quería hacer, Jasper tomó la botella de vino y la puso fuera de su alcance.

–¡Eres un malnacido! –dijo con los ojos echando chispas–. ¡Seguro que pagaste a esa mujer para que rompiera mi compromiso! ¿Cómo has podido hacer una cosa así? ¿*Cómo*?

–Al contrario de la conclusión a la que como siempre has llegado apresuradamente, no tuve nada que ver con la aventura de Myles. El mundo inmobiliario es bastante pequeño y simplemente oí que era un mujeriego cuando hablaba con un conocido común. Pensé que debía advertirte antes de que te quemaras.

–No te creo –espetó ella–. Ésa es precisamente la clase de cosa que harías para salirte con la tuya.

–Escucha, cielo. A mí me parece que si a tu ex novio lo puede apartar de ti una mujer como Serena Wilshire, definitivamente no es hombre para ti. Si estuviera enamorado de ti, nadie, y quiero decir *nadie*, no importa lo atractiva o persistente que sea la mujer, hubiese sido capaz de alejarlo de ti.

Hayley sabía que aquello era razonable, pero no quería reconocerlo.

Odiaba que él tuviera razón... Lo odiaba a él.

–Si lo piensas, te hice un favor –añadió él–. Has descubierto a tiempo lo débil que es. Imagínate lo doloroso que hubiese sido enterarte una vez hubieras estado casada y con hijos.

Jasper observó cómo ella se mordía el labio inferior y algo se le revolvió por dentro.

–¿Realmente no pagaste a esa mujer para que rompiera mi compromiso? –preguntó ella.

Él se acercó y le tomó una mano entre las suyas.

–No –dijo, esbozando una sombría expresión–. Ella no es la primera y sospecho que no será la última. Algunos hombres adquieren gusto por ese tipo de cosas.

Hayley miró las manos de ambos y apartó la suya.

–Le he pedido a Raymond que sea él el que nos case –dijo Jasper–. Pero dadas las circunstancias no parecía muy entusiasmado con la idea.

–Supongo que vas a ridiculizar a Raymond por defender lo que cree. Pero por lo menos él es un hombre decente que hace lo que puede por el bienestar de la comunidad y lo mínimo que podrías hacer es respetarlo. De todas maneras, si él se quedara con algún dinero, al contrario que tú, no se lo gastaría egoístamente, sino que lo utilizaría para una buena causa.

–Efectivamente –dijo Jasper cínicamente–. Todo el mundo quiere a Raymond.

–Visitó a Gerald casi a diario las semanas antes de que éste muriera y tú ni siquiera te molestaste en ir a verlo ni una vez.

–No veía la necesidad. Mi padre siempre prefirió a mi hermano, por no mencionarte a ti. Parecía que yo sólo lograba disgustarlo cada vez que lo veía, así que al final me rendí.

–¿Por qué lo disgustabas tanto? –preguntó ella–. Parecía que te entusiasmaba enfadarlo.

–A mi padre le gustaba pensar que podía controlarme. Pero yo no estaba dispuesto a aceptarlo.

–Pero ahora sí que estás aceptándolo, ¿no es así? –dijo Hayley–. Estás siguiendo los dictados de su testamento al pie de la letra.

–Quiero esa propiedad, Hayley. Y nada ni nadie se va a interponer en mi camino.

–Aparte de mí –le recordó ella fríamente.

–Si quieres jugar sucio, cariño, estoy preparado. No hay nada que me guste más que una maldita buena pelea. Pero debería advertirte que eres tú la que tiene más que perder. La seguridad financiera por la que tan duramente has trabajado estaría en peligro.

–Lo último que quiero hacer es casarme contigo –dijo ella, mirando el vino de su vaso.

–Si te sirve de consuelo, te diré que yo siento lo mismo. Pero sólo tenemos que vivir juntos durante un mes. Y es la única manera en que los dos conseguiremos lo que queremos.

–A mí me parece que tú ganas mucho más con todo esto que yo. Tú heredas Crickglades mientras que todo lo que obtengo yo es una suma de dinero.

–¿Te sorprendió que mi padre no te dejara más cosas?

–No, desde luego que no... –contestó Hayley, que

parecía verdaderamente desconcertada por aquella pregunta–. ¿Por qué debería estarlo? Yo no soy de su misma sangre. Simplemente fui su hijastra y no por mucho tiempo.

–Igualmente, todos habíamos creído que te iba a dejar todo a ti.

–Lo asumiste tú; nadie más lo hizo –añadió ella mordazmente–. Jamás le pedí nada a Gerald. Para decirte la verdad, me sorprendió que no os dejara todo a medias a Raymond y a ti –continuó, frunciendo el ceño–. Debió de cambiar de idea en el último momento.

–Quizá supuso que a Raymond no le faltaría de nada al pertenecer a la iglesia –dijo Jasper–. Es todo lo que mi hermano siempre ha querido hacer. Desde que yo recuerdo, él quería ser cura.

–Y tú lo admiras por ello, ¿no es así? –dijo ella, incapaz de ocultar su sorpresa–. Yo pensaba que no os llevabais bien.

–Es mi hermano mayor. Quizá hayamos tenido nuestras diferencias al crecer, ¿pero qué hermanos no las tienen? Sí, lo admiro por sacrificarse por los demás. Es algo que no todo el mundo puede, o está dispuesto a hacer.

Hayley pasó un dedo sobre el borde de su vaso mientras el silencio se apoderó del ambiente.

–Sobre el acuerdo prematrimonial... –comenzó a decir.

–¿Qué pasa con ello?

–Tu padre insistió en que no debíamos hacer ninguno.

–¿Y?

–Según lo veo yo, estás en una situación muy precaria –dijo, mirándolo a los ojos–. Si accedo a casarme contigo, cuando termine el matrimonio te puedo quitar, si no la mitad, por lo menos una considerable parte de tus bienes.

Jasper esbozó una dura mueca.

–Yo tenía razón sobre ti, ¿no es así? –dijo–. Mi padre estuvo muy ciego con respecto a ti. Él pensaba que no eras como tu díscola madre, pero ya estás contando los céntimos, ¿verdad?

Hayley quería defenderse, pero se detuvo a tiempo. Se dijo que no importaba lo que él pensara. De todas maneras ya la odiaba y nada de lo que ella dijera iba a cambiar eso. Si recibía algún dinero, se lo daría a Daniel Moorebank, el hijo que él había abandonado.

–He decidido que me casaré contigo –dijo finalmente.

–¿Por qué tengo la impresión de que me voy a arrepentir de esto? –preguntó él.

–Como has dicho, sólo tendremos que vivir juntos durante un mes –le recordó ella–. Y no tenemos que estar juntos todo el tiempo. Tú puedes vivir tu vida y yo viviré la mía. Terminará antes de que nos hayamos dado cuenta.

–¿Así que de verdad estás preparada para ser mi esposa?

–Sí, pero sólo tenemos que compartir una casa, no una cama.

–Eso es verdad.

–¿Y en qué casa vamos a vivir? –preguntó ella.

–En la mía, desde luego.

Hayley sintió cómo le daba un vuelco el estómago. Pensar en compartir su casa hacía todo muy íntimo.

–¿Por qué tengo que ser yo la que se mude?

–Tú vives en un pequeño piso mientras que yo vivo en una mansión. Final de la discusión.

Hayley apretó los dientes, conteniéndose, cuando recordó una fotografía de la casa de él que había visto en la prensa. Tres de sus vecinos eran estrellas de cine. Tenía piscina cubierta, cancha de tenis y gimnasio, sauna y spa. Como bien había dicho él, era mucho más grande que su piso y tendría más oportunidades de evitarlo.

–Está bien –dijo–. Tú ganas. Me mudaré contigo, pero tendremos que establecer algunas reglas.

–Por mí no hay ningún problema.

–Lo primero es que yo no voy a jugar el papel de esposa. No voy a cocinar, ni a limpiar, ni a planchar, ni tampoco voy a ir a hacer la compra. Lo haré sólo para mí.

–Tengo un ama de llaves que hace todo eso, así que no supondrá un problema –dijo él–. De todas maneras, ella pensará que es un poco extraño si no dormimos juntos, pero podemos pensar en alguna excusa para disipar sus sospechas.

–Dile que roncas. Muchas parejas no duermen juntas por ese pequeño problema.

–Es una buena idea –dijo él, sonriendo levemente–. Eso podría funcionar.

–Lo segundo... –continuó ella– espero poder seguir teniendo vida social si tú pretendes seguir viéndote con mujeres durante nuestro matrimonio.

–No. Rotundamente no.

–¿*No*? ¿Qué quieres decir con que no? –preguntó ella, mirándolo a la cara.

–No puedo consentir que mi esposa se vaya con otros hombres –dijo–. Soy una persona prominente, ¿cuál crees que sería la respuesta de la prensa? Se aprovecharían de ello para reírse de mí.

–¿Y qué? No te impedirá conseguir Crickglades cuando finalice el mes.

—Eso es impensable. A ningún hombre le gusta pensar que su esposa está entreteniendo a otros hombres a sus espaldas. Es una cuestión de orgullo masculino.

—¿Y qué ocurre con mi orgullo? —preguntó ella—. ¿Cómo se supone que me tengo que sentir yo si tú vas a estar por ahí revoloteando con mujeres?

—Ya te he dicho que seré discreto.

—¿Y si establecemos un compromiso? —sugirió ella.

—¿Qué clase de compromiso?

—Que ambos seamos célibes durante el mes que dure el matrimonio.

—Estás de broma, ¿verdad? —dijo él con la boca abierta.

—No —dijo ella, cruzándose de brazos.

—Es imposible —dijo él—. No es natural.

—Parece que Raymond no tiene ningún problema con ello —señaló Hayley—. Él dice que el celibato es un acto de adoración.

—El celibato es un acto de locura —respondió Jasper—. No puedes estar hablando en serio.

Ella se quedó mirándolo sin responder, pero sus ojos reflejaban su determinación.

—Maldita sea —dijo él, esbozando una compungida mueca—. Hablas en serio.

—O lo tomas o lo dejas —dijo ella—. Si puedes reprimirte durante un mes, no reclamaré la mitad de tus bienes cuando nuestro matrimonio finalice. ¿Qué te parece ese acuerdo?

—Es como muchos de los acuerdos que he visto —comentó él irónicamente—. Sobre el papel parece que están bien, pero cuando tienes que ponerlos en funcionamiento es diferente.

—Si quieres Crickglades, seguro que éste es un pequeño precio a pagar, ¿no? Después de todo, me estás pidiendo que renuncie a un mes de mi vida, así que no veo por qué no deberías renunciar tú también a un mes de la tuya.

—Estás haciendo esto adrede, ¿verdad? —preguntó él tras examinarla con la mirada.

—Tómatelo como un largo permiso —dijo ella, ruborizándose levemente—. Dios sabe que, si lo que la prensa ha estado diciendo es verdad, te has empeñado con fuerza en ello durante años.

—Sí, bueno, ésta es una de esas veces que lo que dice la prensa es verdad.

—No es que yo lea todo lo que se escribe de ti —dijo ella, apartando la mirada.

—Claro que no.

—Tengo mejores cosas que hacer que seguir la pista de tu vida sexual.

—Claro que tienes mejores cosas que hacer —dijo él, sonriendo.

Pensó que ella estaba muy mona cuando se ruborizaba y se preguntó cómo no se había dado cuenta antes de ello. Y cuando se mordía el labio inferior, él deseaba poner su boca sobre la de ella para comprobar si sus labios eran tan suaves como parecían...

—Yo tengo una vida plena —siguió diciendo ella—. Una vida muy plena.

—Pero no tienes sexo.

—¡Eso no es verdad! —exclamó, enfurecida.

—Pero no con Myles, ¿no es así?

—No soy virgen, si eso es lo que estás pensando —dijo, mordiéndose el labio inferior.

—Me lo estaba comenzando a preguntar —dijo él—. Pero entonces recordé que tienes veintiocho años. Debes de haber hecho algo con alguien, o con varios hombres, aunque no sea con Myles.

—Eso no es asunto tuyo.

—Supongo que no.

Hayley deseaba tener una larga lista de amantes para poder restregárselos por la cara, pero la verdad era que sólo había estado con un hombre y la experiencia no había sido muy buena. Había sentido mucha pena por Warren Porter, que no había sido nada delicado con ella cuando ambos habían tenido diecinueve años. Incluso se había disculpado, ruborizado por no haber sido capaz de satisfacerla.

Pero Jasper Caulfield irradiaba poder sexual por cada poro de su cuerpo. Tenía unos ojos muy seductores y una boca tan sensual que ninguna mujer podría resistirse a él.

Lo miró y vio cómo él sacó su lengua para saborear los últimos resquicios de vino de sus labios y pudo casi sentir cómo sería tener aquella boca sobre la suya...

—¿Te gustaría otro vaso de vino? —preguntó él, rompiendo el silencio.

—Hum... no... creo que ya he bebido demasiado —contestó, apartando su vaso.

—Sí que estás un poco colorada —observó él—. ¿Quieres postre? ¿Todavía te gustan los dulces? Creo recordar que en el pasado te gustaba mucho el chocolate.

—Sólo cuando me siento un poco deprimida.

—¿Y ahora qué?

—¿Ahora qué? —preguntó ella.

—¿No te sientes deprimida? —preguntó él, dirigiéndole una socarrona mirada.

—No. ¿Por qué debería sentirme deprimida?

—Mmm... parece que yo tenía razón. No podías haber estado enamorada de Myles. ¿No se merece él una gran porción de tarta de Mississippi?

—Tienes razón —contestó, tomando la carta de postres–. Al infierno con las calorías. Ya no tengo que estar fabulosa el día de mi boda.

–Ésa es mi chica –dijo él, riéndose y guiñándole un ojo–. Siempre fuiste muy incauta cuando se trata de tentaciones.

Capítulo 4

TU NOVIO ha venido a verte —informó Lucy a Hayley una semana después.

—¿Myles? —preguntó Hayley, levantando la vista de los documentos que estaba revisando.

—Hum... en realidad, no... Es el nuevo; el guapísimo, sexy e irresistible Jasper Caulfield.

Hayley sintió cómo se ruborizaba y bajó la mirada.

—Oh, *ése*...

—¿Realmente vas a seguir adelante con todo esto? —preguntó Lucy—. Lo que quiero decir es que un matrimonio de conveniencia sigue siendo un matrimonio, ¿no es así?

—Pero sólo en los documentos.

—¿Crees que él y tú no estaréis tentados de convertirlo en real en algún momento dado?

—Desde luego que no —insistió Hayley.

Pero la verdad era que no había dormido bien durante días pensando en lo que había accedido a hacer. En realidad no tenía otra posibilidad. Había hecho averiguaciones y era cierto que él se había convertido en el propietario del bloque donde se encontraba su salón de belleza.

—¿Le has dicho a alguien más que a mí que no va a ser un matrimonio real? —preguntó Lucy.

—No, y agradecería si lo mantuvieras como un secreto el mayor tiempo posible. No quiero que Myles se entere. Quiero hacer picadillo su orgullo como él hizo con el mío. Dios, cuando pienso en esa mujer... ¡grrrrrrr!

–¿Sabes una cosa? Nunca pensé que te conviniera –confesó Lucy.

–¿Por qué dices eso?

–Sé que seguramente no quieras admitirlo, pero desde que te conocí en la escuela de belleza, siempre has estado ansiando tener seguridad. Supongo que esto te viene por no haber tenido un padre y porque tu madre es tan... –Lucy se ruborizó levemente y continuó– bueno, ya sabes a lo que me refiero. Me has contado suficientes cosas sobre ella como para que sepa lo difícil que debió de ser para ti crecer con ella revoloteando con hombres todo el tiempo. Myles era para ti más una figura paterna que una pareja de por vida.

Hayley se mordió el labio inferior antes de suspirar audiblemente.

–Será mejor que vaya a ver qué quiere Jasper –dijo, levantándose.

–Me está comenzando a gustar –dijo Lucy–. Aparte de lo guapo que es, parece que tiene cerebro y no ego entre sus orejas.

–Él tiene mucho ego, pero te puedo asegurar que no entre las orejas.

Cuando Hayley salió a la recepción, Jasper levantó la vista de la revista que estaba leyendo, la dejó a un lado y se levantó.

–Hola, cariño –dijo–. ¿Te apetece tomar un café con tu novio favorito?

–Tengo citas con clientes durante toda la tarde –contestó ella, poniendo la mano sobre el libro de citas.

Había anulado todas para poder analizar la contabilidad del salón.

Él le tomó la mano y le dio un beso en el dedo gordo, mirándola con intensidad a los ojos. Hayley sintió que se le revolvía el estómago y cuando él le chupó la palma de la mano sintió que se le derretían las piernas.

–Mmm... ¿qué sabor es ése? –preguntó él, oliéndole la palma de la mano.

–Hum... Probablemente sea la crema de manos de vainilla...

Jasper le soltó la mano y miró el libro de citas.

–Bueno, bueno, bueno –dijo–. Tienes toda la tarde libre. ¡Qué suerte tengo!

–Tengo que trabajar en unos documentos –dijo ella, esbozando una mueca.

–Eso puede esperar. Tengo algo que darte.

–Puedes dármelo aquí.

–Lo que quiero darte requiere total intimidad –insistió él.

–Espero que no te estés haciendo ideas equivocadas sobre nuestra relación –dijo.

La puerta del salón de belleza se abrió y Hayley sonrió a una de las clientas habituales de Lucy.

–Hola, señora French –dijo–. Yo... iré a decirle a Lucy que está aquí.

Cuando Hayley salió de nuevo a recepción, oyó cómo Jasper se estaba riendo entretenido mientras charlaba con la señora French. Le dirigió una fría mirada mientras Lucy se llevaba a su clienta hacia dentro.

–Acabemos con esto –dijo, agarrando su bolso–. Pero no puedo estar fuera mucho tiempo. Lucy está muy ocupada y la recepcionista tiene el día libre.

–No nos llevará mucho tiempo –dijo él, indicándole el camino hacia su coche.

Hayley se montó y se abrochó el cinturón de seguridad, tratando de no pensar en lo cerca que el muslo de él estaba del de ella.

Cuando él arrancó y comenzó a conducir a toda prisa, ella se agarró al apoyabrazos, alarmada.

–¿Tenemos que ir tan deprisa?

–Has dicho que no tenías mucho tiempo.

–No tienes que sobrepasar el límite de velocidad.

–No infringiré ninguna regla. Por lo menos no hasta que la tentación supere mi resistencia.

–¿Qué demonios quieres decir con eso? –preguntó ella, mirándolo.

–No me tientes, nena –advirtió él–. Si no, te encontrarás tumbada de espaldas y conmigo enseñándote lo buena que es mi iniciativa.

–¡No te atreverías! –exclamó ella, ruborizada.

–Sabes todo sobre mí y tus pequeños desafíos.

–Hicimos un acuerdo –le recordó ella lacónicamente.

–Lo sé, pero el vivir juntos va a llevar a examinar ese acuerdo.

–No entiendo cómo va a ocurrir eso, teniendo en cuenta que tú dejaste muy claro que no estabas interesado en mí.

–No eres mi prototipo de mujer. *De todas maneras...*

–¿Por qué? ¿Porque tengo cerebro? –interrumpió ella con desdén–. Tus tres últimas novias tenían la talla de zapatos más grande que su coeficiente intelectual.

–Así que has estado investigando un poco sobre mi pasado, ¿verdad?

–Has sido descrito en la prensa con tres palabras: interesado, superficial y sexy.

–Bueno, ahí tienes –dijo él–. Por lo menos sabes lo que vas a tener por marido.

–No vas a ser mi marido, no en realidad.

–¿Le has contado a alguien que nuestra relación no es verdadera?

–Se lo he dicho a Lucy, porque ella es una amiga muy cercana, pero eso es todo.

–Bien. Creo que es mejor si mantenemos una imagen de normalidad. Por una parte tú no quieres que tu ex novio piense que hay algo raro y yo tengo un negocio inmobiliario entre manos en las Southern Highlands. La pareja que es propietaria de la tierra en la que estoy interesado son muy tradicionales. Han estado casados durante cincuenta años y no quieren vender la tierra a cualquiera. Han tenido muchas reservas sobre el contrato durante semanas, pero en cuanto se enteraron de que estaba comprometido, su actitud cambió. Incluso quieren conocerte.

Hayley lo miró, consternada.

–¿Crees que es una buena idea? Quiero decir que no sé si seré capaz de ser muy convincente.

–Será pan comido –la tranquilizó Jasper–. Todo lo que tienes que hacer es mirarme con adoración como hacías cuando eras una quinceañera.

Hayley recordó el tiempo en el que la diferencia de cinco años que los separaba era una gran diferencia. Ella todavía había dormido con sus peluches mientras que él había dormido con una colección de chicas del pueblo y se había ganado su reputación de chico malo. Le había causado tantos problemas a su padre que ella sospechaba que había sido para castigarlo por haber abandonado a su madre.

Cuando Kathryn Caulfield había fallecido en un accidente de coche pocas semanas después de que Gerald se hubiese casado con su madre, Eva, Jasper había desaparecido durante meses, habiendo roto todo tipo de contacto con su padre.

Jasper detuvo el coche y salió, dirigiéndose a abrirle la puerta a ella.

—Bienvenida a la que será tu casa durante el próximo mes.

Al salir del coche, Hayley se dio cuenta de que la residencia de Jasper era incluso más impresionante en realidad que lo que decían las páginas de cotilleo. Era una enorme mansión.

—Es... fabuloso... —dijo, sorprendida.

—Supongo que está bien —dijo él al entrar.

—¿Que está bien? —dijo ella, boquiabierta—. ¡Es la casa más espectacular que jamás haya visto!

—No te encariñes mucho con ella. Sólo vas a estar aquí durante un mes, recuérdalo.

—No me he olvidado —respondió ella con aspereza.

Entonces él tomó una pequeña cajita de terciopelo y se la entregó.

—Pensé que como vamos a fingir que todo esto es real, deberías tener un anillo de compromiso.

Hayley miró la cajita y la abrió. Se quedó sin aliento al ver los brillantes diamantes del anillo.

No sabía qué decir; se sentía muy conmovida de que él hubiese elegido un anillo tan bonito.

—No sé si te quedará bien —dijo él—. Tuve que suponer el tamaño.

Ella se lo puso con facilidad.

—Sí que me queda bien —dijo, mirando a Jasper con asombro—. Supusiste bien.

Jasper se quedó mirándola a los ojos.

—Es precioso... pero no tenías que haberte molestado —dijo ella, sintiendo algo extraño en el pecho—.

No es como si esto fuese un matrimonio verdadero. Te lo tendré que devolver cuando el matrimonio finalice.

—No —dijo él, tomándole la mano y sujetándole el anillo—. Quiero que te lo quedes. Míralo como un regalo por la ayuda que me estás prestando.

—No... no puedo aceptar un regalo tan caro de tu parte —dijo ella, apartando su mano—. No estaría bien.

Pero Jasper volvió a tomarle la mano.

—No, Hayley —dijo—. Quiero que te quedes con el anillo.

—Jasper... yo... —dijo ella, humedeciéndose los labios con la lengua—. No sé qué decir.

—No digas nada —sugirió él, acercándola hacia sí.

Hayley sintió la hebilla del cinturón de él contra su estómago y la fortaleza de sus muslos.

—¿Q... qué estás haciendo? —preguntó, tratando de apartarse.

Pero lo único que consiguió fue que sus pelvis estuvieran aún más cerca la una de la otra.

—Estoy pensando en besarte —respondió él, mirándole la boca—. De hecho, llevo pensándolo durante días.

—¿Por... por qué querrías hacerlo?

—Me imagino que de vez en cuando vamos a tener que hacerlo —explicó Jasper sin dejar de mirar su boca y acariciándole las muñecas con sus pulgares.

Hayley, inconscientemente, se humedeció de nuevo los labios.

—¿Ha... hacer qué?

—Besarnos.

—¿Pero... pero por qué?

—Porque estaremos casados y es lo que espera la gente.

—No creo que debamos llevar las cosas tan lejos...

quiero decir que un beso en la mejilla de vez en cuando sería suficiente... ¿no crees?

—No.

—¿No? —preguntó ella, sintiendo cómo se le revolvía el estómago.

—Si vamos a convencer a la gente de que esto es un matrimonio de verdad, vamos a tener que esforzarnos para que parezca que así es.

—No creo que yo...

—Puedes actuar tú primero si te hace sentir más a gusto —sugirió él.

—¿Yo?

—Sí. Tú me besas y luego te beso yo a ti.

Hayley miró insegura la boca de él.

—Vamos, Hayley —dijo él, acercándola aún más hacia él—. Hazlo. Te reto.

Ella se puso de puntillas y le dio un fugaz beso en la comisura de los labios.

—Ahí tienes —dijo, un poco alterada—. Lo he hecho.

—Ahora es mi turno —dijo él, abrazándola por la cadera y besándola.

Nada podría haberla preparado para sentir la lengua de él acariciando sus labios. El calor se apoderó de ella cuando Jasper introdujo la lengua dentro de su boca, y sintió que se le iba a parar el corazón. Le dio un vuelco el estómago debido al deseo que sintió y se le erizó la piel. Sintió todo su cuerpo vivo, necesitando que la tocara. La lengua de él reclamó la suya y sintió cómo sus partes íntimas se derretían al presionarla él contra su erección. Se sintió muy vulnerable ante la tentación de que la poseyera.

Jasper subió las manos para posicionarlas justo debajo de los pechos de ella. No los estaba tocando, pero estaba lo suficientemente cerca como para incitarla y

Hayley pudo sentir cómo se le endurecieron los pezones, expectantes. Deseaba sentir la calidez de las manos de él sobre su piel sin la barrera de sus ropas. Quería sentir la cálida y húmeda boca de él chupando la suya y su lengua masajeando sus pezones.

Gimoteó levemente cuando él comenzó a besarla más apasionadamente. La acercó tanto hacia sí que sintió como si sus piernas se fueran a derretir. Lo abrazó por la cintura y le acarició las nalgas. Sintió la respuesta de él ante aquello y cómo gimió...

Pero entonces Jasper dejó de besarla.

—Bueno, supongo que ese pequeño asunto ya está resuelto —dijo, esbozando una pequeña sonrisita.

—¿Qué quieres decir? —preguntó ella, apartándose fríamente de él.

—No puede ser que estuvieras enamorada de Myles Lederman. Si hubiera sido así, no me habrías respondido como lo has hecho.

—Para que lo sepas, he estado llorando muchísimo durante toda la semana pasada. No creo que nunca sea capaz de superar la traición de Myles.

—Bueno, pues ya es hora de que lo hagas —dijo Jasper—. Él sólo se iba a casar contigo porque pensaba que ibas a heredar la mayor parte de la herencia de mi padre.

—¡Eso es una vil mentira!

—Recientemente lo he investigado un poco —explicó él—. Está hasta arriba de deudas. Creo que sabía que tú tenías una estrecha relación con mi moribundo padre y, como no era un secreto para la prensa que yo no me llevaba muy bien con él, Lederman decidió actuar. Te hizo sentir como una reina durante semanas y te incitó a que os casarais para así poder apoderarse de tu herencia.

–No me creo nada de esto. Te lo estás inventando.

–Estuve hablando con Max, el jardinero de Crick-glades –prosiguió Jasper–. Parece ser que a Gerald no le gustó la elección que hiciste de novio, pero pensaba que él no era nadie para decírtelo. Duncan Brocklehurst me confirmó que el testamento fue cambiado días antes de él morir.

Hayley, perpleja, lo miró.

–¿Estás tratando de decir que Gerald prefería que me casara contigo antes que con Myles?

–Creo que él pensaba que mejor lo malo conocido que lo bueno por conocer –contestó Jasper–. Supongo que él no pensó que yo iría a ir tan lejos como para estafarte y romperte el corazón.

–Pero Gerald sabía cuánto nos odiábamos el uno al otro... ¿por qué iría a forzar un matrimonio entre ambos?

–Seguramente era la idea que tenía él de una broma pesada –dijo Jasper–. Él sabía muy bien cuáles eran mis ideas sobre el matrimonio ya que en anteriores ocasiones había tratado de presionarme. Incluso sólo un mes viviendo como marido y mujer va a ser como toda una vida para mí. Pero yo no tenía por qué haber seguido adelante con sus planes; podría haberme marchado sin un solo céntimo. Raymond se lo hubiera llevado todo.

–Pero tú querías Crickglades –intervino Hayley–. Y estabas dispuesto a hacer lo que fuera para conseguirlo.

–Sí –dijo él, agarrando sus llaves–. Así es. Quiero Crickglades.

–¿Por qué lo deseas tanto? –preguntó ella, frunciendo el ceño–. Pensaba que lo odiabas. Te marchaste en cuanto pudiste y apenas ibas a visitar a tu padre.

–Y lo *odio* –dijo él con énfasis–. Hay demasiados recuerdos en él que preferiría borrar.

Recuerdos sobre Eva Addington paseándose por la casa y el jardín que su madre tanto adoraba, cambiando la decoración para complacer sus chabacanos gustos y coqueteando con cualquiera que llevara pantalones, incluido él mismo en una ocasión. La casa que él había adorado de niño había sido mancillada y tenía muchas ganas de convertirla de nuevo en lo que había sido cuando su madre había hecho de aquella casa un hogar.

–¿Entonces qué vas a hacer con ella cuando la obtengas? –preguntó Hayley en un tono de censura–. ¿Derribarla y construir cientos de estúpidas casas adosadas en su lugar?

–¿Qué crees tú que voy a hacer con ella? –preguntó él, esbozando una mueca–. ¿Quedármela por motivos sentimentales?

Hayley lo siguió hasta el coche, preguntándose cuáles serían sus razones. Él quería Crickglades pero no a ella. Y no sabía por qué eso tenía que doler tanto...

Capítulo 5

JASPER miró a la silenciosa figura que iba sentada a su lado en el coche mientras regresaban al salón de belleza. Todavía se sentía intrigado sobre la reacción de ella ante el anillo. Había pensado que lo agarraría con avaricia y contaría los diamantes, apresurándose a llevarlo a una joyería para que lo evaluaran como habría hecho su madre. Pero en vez en ello, parecía que se había quedado muy emocionada.

–Si estás libre este fin de semana, había pensado que podíamos ir a visitar la propiedad en la que estoy interesado –dijo, rompiendo el silencio–. Podrás conocer a los Henderson, la pareja de la que te he hablado.

–Ahora mismo no me apetece ir a ningún sitio contigo –dijo ella, haciendo un mohín.

–Mira, Hayley, no pagues lo de Myles con el mensajero. Sólo te he dicho lo que tú misma hubieras descubierto con más tiempo. Como te dije el otro día, te he ahorrado mucho sufrimiento.

–Seguro que estás ahí sentado regodeándote, ¿no es así? Seguramente piensas que es muy gracioso destrozar así mi ego.

–No pienso eso. Además, hubiera creído que te había devuelto todo tu ego al haberte besado de esa manera. No recuerdo haberme excitado tanto tan rápido. Debe de ser ese perfume que llevas.

—Espero que no vayas a tomar la costumbre de utilizarme para saciar tus impulsos animales.

—Has escuchado demasiados sermones de mi hermano —dijo Jasper, resoplando levemente.

—Por lo menos él tiene moral.

—¿Y yo no?

—Tú eres como muchos otros padres vagos que hay por aquí —dijo ella—. Te divertiste con la madre de tu hijo y luego dejaste que ella cargara con todo. Miriam Moorebank ha estado luchando toda su vida por culpa de lo que le hiciste. Su suegra me contó lo difíciles que son las cosas para ella ahora mismo.

Jasper la miró, enfadado.

—Si quieres regresar andando al salón de belleza, sigue hablando de esa manera.

—Preferiría andar que tener que soportarte.

Entonces él paró el coche y, antes de que ella pudiese darse cuenta de lo que ocurría, se inclinó sobre ella para abrir su puerta, rozando sus pechos con el brazo.

—Está bien —dijo—. Sal del coche.

—Por lo menos tardaría una hora andando desde aquí —dijo Hayley, enfadada.

—Te vendrá bien el ejercicio.

—No llevo el calzado adecuado.

—Sal del coche, Hayley.

—No. ¡No voy a salir del coche! —gritó Hayley, comenzando a llorar.

—Maldita sea. Desearía que no hicieras eso —dijo él, atrayéndola hacia su pecho—. Lo siento, no pretendía hacerte llorar.

—Sí que lo pretendías —dijo ella, mirándolo de manera acusatoria—. Desde que apareciste en el salón de belleza e insististe en casarte conmigo, no has hecho otra cosa que disgustarme. Me chantajeaste con mi negocio y luego... ¡me besaste! ¿Cómo demonios se supone que voy a soportar todo eso?

—No pensaba que un beso fuera *tan* malo.

—Sólo lo hiciste para probar lo débil que soy.

—No eres débil –dijo él–. Simplemente eres un ser humano. Eso es todo.

—Ni siquiera me *gustas* –dijo ella–. Nunca me has gustado.

—Yo no te tengo por qué gustarte... simplemente te tienes que casar conmigo.

—No sé en lo que estaba pensando Gerald al dejar las cosas de esta manera –dijo ella, restregándose los ojos–. Yo no esperaba nada de su testamento y esto es una locura. Me siento como un títere en una función.

Jasper la observó mientras se secaba las lágrimas, preguntándose si su padre no habría tenido razón y Hayley era completamente distinta a su madre.

—Si tuviera otra manera de conseguir mi propósito no haría esto, Hayley –dijo–. Pero éste es el único camino.

—Éste va a ser el mes más largo de mi vida –dijo ella, esbozando un mohín.

—Para mí también –dijo él, arrancando el coche.

Hayley se había propuesto negarse a acompañar a Jasper a la propiedad rural en la que estaba interesado, pero cada vez que había ido a telefonear para anular la cita, había visto el anillo de compromiso que él le había comprado y había cambiado de opinión.

Al oír el potente coche de Jasper acercarse, apartó

la cortina para mirar por la ventana y lo vio salir del coche una vez hubo aparcado. Estaba muy atractivo; tenía la piel bronceada e iba informalmente vestido con unos pantalones vaqueros y una camisa blanca.

Entonces tomó su bolso y salió a la calle, justo cuando él subía las escaleras...

–Es agradable ver las ganas que tenías de verme –dijo él con los ojos brillantes.

–En realidad... –comenzó a decir ella– tu coche ha hecho tanto ruido que no te ha hecho falta llamar a la puerta.

Ambos se dirigieron al coche.

–He vuelto a hablar con Raymond sobre la ceremonia –dijo él una vez estaban en marcha.

–¿Ah, sí?

–Parece ser que tiene otra boda que celebrar, pero no puedo evitar pensar que está aliviado de no tener que formar parte de este montaje.

–Creo que si lo piensas, en parte tiene razón –dijo Hayley–. Realmente no estamos haciendo esto por las razones correctas. El matrimonio se supone que tiene que ser para toda la vida.

–¡Qué pena que tu madre no comparta esa opinión! –exclamó él, esbozando una dura mueca.

Notó cómo ella se puso tensa ante la mención de su madre.

–Lo siento –ofreció.

–No pasa nada –respondió ella, mirándose las manos–. Comprendo lo que sientes hacia mi madre. De verdad que lo comprendo.

–¿La has visto últimamente? –preguntó él.

Frunció el ceño al observar cómo ella estaba dándole vueltas agitadamente a su anillo de compromiso.

–No...

–Preferiría si ella no viniese a la boda –dijo él tras un momento.

–Entiendo... Tampoco estaba invitada a mi boda con Myles.

–Él es un indeseable, Hayley. Un indeseable de primera clase que te estaba utilizando.

–¿Y en qué te convierte eso a ti?

–Yo no te estoy utilizando.

–Sí que lo estás haciendo. Aquel numerito del beso el otro día es parte de ello. Crees que puedes camelarme para que no me lleve la mitad de tus bienes cuando el matrimonio termine, pero no funcionará. Te odio y no veo que nada de lo que hagas, incluyendo el comprarme un anillo escandalosamente caro, vaya a cambiarlo.

–¿Crees que por eso te compré ese anillo? –preguntó él mientras seguía conduciendo.

–¿No es así?

–No –contestó–. La verdad es que vi el anillo que te había dado Lederman y pensé que era un asqueroso agarrado. Quizá yo no me vaya a casar contigo por las mejores razones en el mundo, pero pensé que por lo menos te merecías diamantes verdaderos.

Hayley apartó la cara para que él no viera que se había ruborizado.

–Era un diamante de verdad –dijo ella sin convicción.

–Seguro que sí –bramó él.

–Prefiero tener un diamante falso de un hombre que me amaba a un montón de diamantes verdaderos de uno que no lo hace.

–Myles amaba la idea de poner sus manos en tu dinero, no a ti –dijo Jasper–. Por lo menos yo no te he mentido. Siento por ti lo que siempre he sentido.

Un apasionado y fuerte deseo le estaba impidiendo dormir por las noches como le ocurría desde que ella se había convertido en una mujercita años atrás...

Capítulo 6

CUANDO llegaron a la propiedad en la que Jasper estaba interesado, Hayley pudo ver que era una casa colonial con un enorme jardín.

–¡Guau! –dijo, impresionada–. ¡Qué lugar tan bonito! ¿Por qué quieren venderlo?

Hayley obtuvo su respuesta en cuanto la puerta principal de la casa se abrió y vio a una señora de pelo canoso, de más o menos setenta años, detrás de una silla de ruedas donde había un anciano sentado con el brazo derecho imposibilitado.

Jasper la tomó de la mano y le dio un leve apretón.

–No te olvides de que se supone que estás locamente enamorada de mí, ¿está bien?

–Está bien –dijo ella, forzando una sonrisa.

La señora Henderson bajó del porche y tomó la mano de Hayley.

–Tú debes de ser la encantadora novia de la que tanto nos ha hablado Jasper. Yo me llamo Pearl y éste es mi marido, Jim.

–Encantada de conocerlos –dijo Hayley.

Entonces se acercó a estrechar la mano izquierda de Jim para evitarle la molestia de tener que tratar de levantar su brazo imposibilitado.

–He hecho bollitos –anunció Pearl mientras los invitaba a entrar en la casa–. Pensé que podíamos tomar una taza de té antes de que Jasper te enseñe toda la casa.

–Eso sería estupendo –dijo Hayley mientras entraban dentro.

La casa era preciosa y estaba muy bien conservada.

–Estamos encantados de que sea Jasper el que la vaya a comprar –dijo Pearl, esbozando una pequeña sonrisa–. No se la íbamos a vender a cualquiera. No quiero que derrumben nuestra casa para construir casas de pueblo.

Hayley puso todo su empeño en no mirar en la dirección de Jasper y se preguntó qué les habría dicho a los Henderson. Él normalmente hacía dinero exactamente de aquella manera.

–Ha sido muy amable por vuestra parte haberme dejado hacer a mí la primera oferta –dijo Jasper–. Me enamoré de este sitio en cuanto lo vi.

–¿Por qué no llevas a Hayley fuera y le enseñas el camino del río? –sugirió Pearl–. En esta época del año es precioso.

–Me encantaría ver el camino del río –dijo Hayley, levantándose de la silla y agarrando la mano de Jasper.

–¿Cómo puedes mentirles a esos pobres ancianos? –arremetió contra él una vez se aseguró de que no los podían oír–. Eres un malnacido sin sentimientos. ¿Cómo puedes hacer esto?

–No estoy mintiendo. Me interesa la vida en el campo.

–¿Desde cuándo? –preguntó ella.

–Pensé que el negocio del ganado podría ser interesante.

–Eres un gestor inmobiliario. No sabrías qué es una vaca o una oveja ni aunque te chocaras contra ellas. Sé lo que pretendes hacer y no seré parte de ello. Vas a comprar este lugar con falsas pretensiones para después derribarlo y negociar con el terreno.

–Puedes pensar lo que quieras, pero te puedo asegurar que eso no es lo que pretendo hacer –dijo él, dirigiéndose hacia el río.

–Espero que no me estés mintiendo, Jasper –dijo ella, resoplando–. Odiaría pensar que he estado ayudando a engañar a los Henderson.

–Pero estás ayudando a engañarlos, pequeña –dijo él, mirándola–. Estás fingiendo estar enamorada de mí y lo estás haciendo muy bien.

Hayley comenzó a alejarse de él, pero Jasper la agarró por el brazo e hizo que lo mirara. Ella se sintió vulnerable bajo el oscuro escrutinio de los ojos de él y sintió cómo la excitación se apoderaba de ella. Se preguntó si él habría adivinado de alguna manera sus verdaderos sentimientos... los sentimientos que ella estaba tratando de esconder a sí misma. Había estado durante días luchando contra ello, contra la atracción que había pensado que había muerto hacía doce años cuando él la había rechazado fríamente.

Jasper estaba tan cerca que ella podía oler el aroma de su piel y sentía como si él tuviese un imán en su cinturón que la atraía a contactar íntimamente.

Entonces él comenzó a bajar la cabeza hacia su boca.

–¿Qué estás haciendo? –preguntó ella.

–Voy a besarte.

–Te di... dije que no me tocaras.

–Sé que lo hiciste, pero Jim y Pearl podrían estar mirando desde la casa –explicó él.

Hayley lo miró a la boca y se le revolucionó el corazón al pensar en aquellos labios y en su lengua jugando con la suya.

–La casa está muy lejos. No podrían vernos... No tienes que besarme...

–Quizá no, pero he pensado que tal vez lo haga todo el tiempo.

–Yo... no quiero que me beses a no ser que sea absolutamente necesario.

Hayley suspiró cuando él cubrió su boca con la suya y le acarició los labios con la lengua, buscando la de ella, provocando que se excitara. Entonces la atrajo aún más hacia él, sujetándola por la espalda, momento en el cual Hayley pudo sentir el intoxicante calor que desprendía la erección de él.

Jasper comenzó a besarla más apasionadamente, con una urgencia que la estremeció; todo su cuerpo tembló deseando que la tocara aún más. Sintió el rocío de la excitación entre sus piernas y se acercó aún más a él; el dolorosamente vacío corazón de su feminidad buscaba que la dura excitación de él la llenara de vibrante vida.

En ese momento él comenzó a acariciarle provocativamente la boca con la lengua y cuando le tomó los pechos ella perdió el control.

Hayley comenzó a buscar la cremallera de los pantalones de él y cuando por fin la bajó, sus dedos se entusiasmaron al tocar la endurecida carne de él. Oyó cómo gemía profundamente, pero él no hizo nada para detenerla cuando ella comenzó a explorarlo, al principio con caricias tentativas y después más atrevidas al sentir su respuesta bajo sus dedos. El sexo de Jasper era como acero cubierto por seda y la pegajosa humedad que comenzó a formarse en la punta hizo que ella lo mirara impresionada. Su miembro viril era mucho más grande de lo que ella se había imaginado y no estaba circuncidado, lo que lo hacía parecer mucho más primario y peligroso.

–Vas a tener que dejar de hacer eso, ahora mismo

–dijo él, respirando profundamente–. Si no, no seré responsable de mis acciones.

Ella continuó acariciándolo, pero él le agarró la mano casi dolorosamente.

–No, Hayley –dijo, agitado–. Esto es llevar las cosas demasiado lejos.

Hayley sintió cómo se ruborizaba y se reprendió mentalmente por haber revelado cuánto le afectaba.

–Si crees que puedes besarme cuando quieras, tienes que darte cuenta de que yo puedo hacer lo mismo contigo. Es justo, ¿no es así?

–Besar es una cosa, pero estimularme para que...

–Pudiste haberme detenido antes –lo interrumpió ella–. ¿Por qué no lo hiciste?

–Dios sabrá –contestó él tras mirarla durante varios segundos y marchándose hacia el río.

Hayley suspiró y lo siguió, arrastrando las piernas entre la pesada hierba.

–¿De verdad te vas a quedar con este lugar? –preguntó ella una vez lo alcanzó.

Ambos estaban de pie a la orilla del río, mirando las colinas que había en el horizonte.

–¿No te parece que tendría buen aspecto con un par de botas elásticas?

–No lo sé. ¿Sabes montar a caballo?

–No, pero sé montar en quad. Por lo menos no muerde ni da patadas.

–Pero igualmente pueden ser peligrosos –dijo Hayley–. Varias personas han muerto en accidentes cuando trabajaban en el campo usándolos.

–Bueno, si me muero, podrás quedarte con la indemnización del seguro. Te resolvería la vida.

—No bromees sobre esas cosas —ordenó ella, frunciendo el ceño.

—¿Por qué? ¿Echarías de menos pelearte conmigo? —preguntó él, mirándola a los ojos.

—Quizá —accedió, comenzando a andar de vuelta a la casa.

Sintió el hombro de él contra el suyo y trató de apartarse, pero casi se cae al suelo.

—Ten cuidado —dijo él, sosteniéndola.

—Siempre hemos estado peleando, ¿no es así? —casi afirmó ella—. Desde que nos conocimos no hemos dejado de atacarnos.

—Sí, supongo que demasiado.

—¿Por qué crees que es? —preguntó ella.

—Bueno, para empezar tú podrías haber sido el prototipo de niña mimada.

Hayley le dio un golpe en el brazo.

—Y tú eras un hosco quinceañero que pensaba que era demasiado hablar con una niña cinco años más pequeña.

—Por aquel entonces parecía mucha diferencia, ¿verdad? —comentó Jasper—. Tú tenías catorce y yo diecinueve cuando nuestros padres se casaron. Ahora es muy distinto; tú tienes veintiocho y yo treinta y tres. Esos cinco años ya no parecen tanto.

Continuaron andando en silencio. Jasper parecía muy pensativo.

—¿Alguna vez te has preguntado quién era tu padre? —preguntó, rompiendo el silencio.

Hayley apartó la mirara para que él no se diera cuenta de lo avergonzada que estaba de sus orígenes. De pequeña había deseado saberlo, pero cuando su madre había insinuado que el que creía que era su padre estaba cumpliendo condena en prisión por un crimen de sangre, ella había abandonado el asunto.

—No... —respondió.

Cuando comenzaron a acercarse a la casa, Jasper la tomó de la mano y frunció el ceño.

—Supongo que en la vida hay cosas peores que crecer sin saber quién es tu verdadero padre.

—¿Como por ejemplo verte forzado a casarte con tu hermanastra? —preguntó ella.

—No tenía en mente casarme con nadie, pero estoy seguro de que me acostumbraré.

—Sólo es algo temporal —dijo ella sin poder evitar un tono de despecho.

—Sí —dijo él—. Es sólo temporal.

—Y seguro que no puedes esperar a que todo esto termine.

—En realidad... —comenzó a decir él con un brillo satírico reflejado en los ojos— si lo que ha ocurrido ahí abajo en el río es una indicación de lo que será nuestro matrimonio, no puedo esperar a que comience.

Capítulo 7

NO OCURRIRÁ de nuevo –aseguró Hayley, ruborizada.

–Es una pena.

–Dijiste que no íbamos a tener un matrimonio verdadero y que no nos íbamos a poner las manos encima, ¿no fue eso lo que dijiste? –preguntó ella con el corazón acelerado.

–Podríamos replanteárnoslo. Me gusta sentir tus manos sobre mí.

–No quiero acostarme contigo –dijo, apartando la mirada.

–Pues tienes un modo muy especial de comunicarlo –bromeó él.

Hayley trató de apartar su mano de la de él, pero no pudo.

–Prometiste que serías célibe durante el tiempo que durara nuestro matrimonio.

–Creía que eso significaba que no me acostara con otras mujeres –dijo Jasper–. No quiere decir que no me pueda acostar contigo si eso es lo que quieres.

–Bueno, pues no quiero –dijo, sabiendo perfectamente que estaba mintiendo.

Hayley comenzó a andar, pero él la siguió, la sujetó y la giró para que lo mirara.

–Me has deseado desde que tenías dieciséis años, cariño, pero por aquel entonces yo era demasiado caballero para aceptar lo que se me ofrecía. Todavía eras una niña y me hubiera arrepentido a la mañana siguiente.

—Ahora no eres precisamente lo que yo llamaría un caballero. Eres despiadado, superficial, interesado y... y... egoísta.

—Te has olvidado de decir que soy sexy —dijo él, sonriendo con picardía.

—No te considero para nada sexy.

—Sí que lo haces —dijo, acariciándole el labio inferior—. Si no te hubiera detenido, habrías puesto esa boquita que tienes sobre mí y me habrías chupado hasta dejarme seco, ¿no es verdad?

—Suéltame —ordenó ella, tratando de apartarse de él—. Por favor...

Pero Jasper la sujetó por el trasero y la acercó aún más a él. La prominencia de su erección provocó que ella diera un grito ahogado.

—No, creo que no —dijo él con voz profunda.

—Jasper... *por favor* —suplicó—. Seguramente los Henderson nos estén mirando.

—Y sin duda estarán pensando que no podemos esperar a casarnos el próximo fin de semana.

Entonces le dio un fugaz pero profundo beso antes de soltarla. Hayley se quedó desorientada.

—Vamos, pequeña —dijo, colocando el brazo de Hayley bajo el suyo—. Incluso a mí estás comenzando a convencerme de que estás enamorada de mí. Eso asusta.

Una vez que Jasper se hubo ocupado de la parte financiera de la compraventa, los Henderson insistieron en que se quedaran a comer. Hayley hubiese preferido marcharse para así poder dejar de actuar como la novia perdidamente enamorada, pero se percató de las ganas que tenía Pearl de tener compañía y eso le conmovió.

Se sentó al lado de Jim durante la comida y le cortó la carne y la ensalada para que pudiese comer con sólo una mano. El señor sonrió y le dio las gracias con esfuerzo.

En varias ocasiones durante la comida levantó la mirada y vio a Jasper mirándola y, teniendo en cuenta a la pareja de ancianos, tuvo que dirigirle una pequeña sonrisa en cada ocasión. Pearl, emocionada y melancólica, contó cómo se habían conocido su marido y ella.

—Es *tan* romántico... –dijo Hayley–. Me gustaría tener un hombre que estuviera tan enamorado de mí... –se ruborizó al darse cuenta de lo que casi había revelado–. Quiero decir que nunca imaginé que me ocurriera lo mismo a mí... pero así fue... más o menos...

—Jasper nos ha contado que vivisteis en la misma casa desde que tenías catorce años –dijo Pearl, sonriendo–. ¿Cuándo te diste cuenta de que él era el hombre con el que querías estar?

—Hum... la verdad es que lo supe desde los dieciséis años –contestó.

—Eso tiene gracia –dijo Pearl, frunciendo el ceño–. Pensaba que Jasper había dicho que estabas comprometida con otra persona, pero que él te cameló en el último minuto.

—Hum... em... sí –dijo Hayley, ruborizándose de nuevo–. Estaba comprometida con otra persona. Una tontería, si te paras a pensarlo. Debería haber tenido más paciencia. Debería haber sabido que al final Jasper vendría a por mí.

—Menos mal que lo hizo –señaló Pearl con seriedad–. Imagínate lo espantoso que hubiese sido si te hubieses casado con el otro hombre cuando en realidad estabas enamorada de Jasper.

–Espantoso –concedió Hayley–. Ni siquiera puedo soportar pensar en ello.

–Espero que no seas como la mayoría de las mujeres jóvenes de hoy en día que se niegan a tener una familia –dijo Pearl–. Conozco a varias que lo han dejado para demasiado tarde.

–Oh, no, desde luego que no –dijo Hayley.

Observó cómo Jasper comenzaba a retorcerse en la silla.

–Queremos comenzar desde el principio y por lo menos tener tres hijos, ¿no es así, cariño? –dijo, divertida.

–Eso es, mi amor –contestó él. Sus oscuros ojos brillaban en señal de advertencia–. Pero te quiero toda para mí durante un tiempo.

–Y un perro –dijo Hayley–. Incluso quizá dos. Pero no de esos pequeñines histéricos, algo, em... más grande.

–Veo que vais a ser muy felices juntos. Parecéis la pareja perfecta –dijo Pearl, complacida.

–Lo somos –dijo Hayley alegremente.

Pero al observar la mirada de Jasper cuando se levantó a arreglar la mesa, pensó que iba a ser un infierno mientras regresaran a la ciudad. Y así fue.

Apenas habían salido de la casa cuando él le dirigió una abrasadora mirada.

–¿A qué demonios estabas jugando?

–A nada.

–Maldita sea –gruñó–. Casi dejas claro nuestro engaño. Por el amor de Dios, Hayley, ten cuidado con esa boca tan grande que tienes.

–¿Boca grande? –dijo ella, mirándolo con odio–.

No sabía qué mentiras les habías dicho sobre nosotros. ¿Cómo iba a saber lo que decir?

–Todo eso sobre los niños ha estado fuera de lugar –espetó–. Sabes lo que pienso de los niños.

–¿No te gustan los niños?

–Me gustan, pero no quiero tener hijos.

–¡Qué pena, teniendo en cuenta que ya tienes uno! ¿O te has olvidado completamente de Daniel Moorebank? ¿Cuántos años tiene ya? ¿Catorce? ¿Quince?

Hayley se percató de la dura mueca que esbozó él.

–Tiene quince años.

–¿Alguna vez lo ves?

–De vez en cuando.

–Pero no quieres tener más hijos.

–No.

–¿Estás unido a Daniel?

–Es un buen chaval –contestó Jasper–. Pero yo no puedo ser el padre que él desea. No estoy dispuesto a arriesgarme con nadie más.

–Es una manera muy egoísta de ver las cosas –dijo ella–. ¿Qué ocurriría si la mujer con la que tengas una relación permanente en el futuro quiere hijos? No es justo robarle esa posibilidad.

–No tengo planeado tener ninguna relación permanente.

–Realmente eres tan egoísta y superficial como dice la prensa. ¿No te das cuenta de que hay muchas mujeres que se quedan sin tener hijos por culpa de haberse enamorado de hombres egoístas como tú?

–Siempre he sido muy claro sobre el tema de los hijos con las mujeres con las que he estado –explicó Jasper–. Siempre me pongo un preservativo. No quiero encontrarme de nuevo en la misma situación que cuando... –carraspeó– que cuando tenía dieciocho años.

–Estás hablando en serio, ¿no es así? –dijo ella, boquiabierta.

–¿Te estás tomando la píldora?

–Eso no es asunto tuyo.

–Creo que dentro de una semana lo será.

–Debes de estar bromeando –dijo ella, moviendo los ojos exageradamente.

–Si pretendes tenderme una trampa y darme un papel permanente en tu vida, olvídate –advirtió Jasper–. Por lo que a mí respecta, esto es sólo una actuación y tras ella se cierra el telón.

–Por mí está bien.

–Y te aconsejaría que no trataras de quitarme dinero. Sé que es la manera en la que a muchas mujeres les gusta jugar, siendo tu madre un gran ejemplo, pero me aseguraré de que estés suficientemente compensada sin que me despojes de la mitad de mis bienes. No me he matado a trabajar durante los últimos quince años para que ahora vengas tú y me quites todo.

–Tienes graves problemas de confianza con las mujeres –observó ella.

–Lo que tengo es una dosis sana de cinismo –respondió él–. Incluso los matrimonios más sólidos pueden deshacerse. Mis padres eran felices hasta que tu madre apareció en escena.

–Eso tiene gracia –contraatacó ella–. Me dijiste que si un hombre ama realmente a una mujer, nada ni nadie podría alejarlo de ella. ¿Has cambiado de idea repentinamente o simplemente dijiste eso para asegurarte de que no perdonaba y me casaba con Myles?

–No, no lo dije por eso –contestó Jasper, frunciendo el ceño–. Mi padre se arrepentía de su relación con tu madre. Sé que así era, pero era demasiado orgulloso como para admitirlo. No quería oírme diciéndole que ya se lo dije. Pero sí que lo habló con Raymond ya que sabía que él lo perdonaría.

—Pero tú no puedes perdonarlo, ¿no es así? –dijo ella–. Nunca podrás perdonarle el daño que le hizo a tu madre.

—No, eso nunca lo podré perdonar.

—Y nunca me podrás perdonar a mí tampoco por ser su hija, ¿no es así?

Jasper la miró y vio dolor reflejado en sus ojos, doliéndole a él a su vez el pecho ante ello. No sabía qué decir para aliviarla. Deseaba poder olvidar la amargura del pasado...

—Quizá haya sido muy duro contigo por algo de lo que tú no tienes culpa alguna –dijo por fin–. No podemos elegir a nuestros padres. Son los que son y tenemos que aceptarlo.

—A mí me hubiera gustado haber tenido un padre –dijo ella–. Supongo que por eso me acerqué tanto a Gerald... él llenaba un vacío en mi vida.

—Lo que estás diciendo es que has estado tratando de llenar el vacío que ha creado en tu vida la ausencia de la figura paterna.

—Sí... supongo que eso es lo que estoy diciendo –dijo ella, suspirando.

Se creó un breve silencio.

—¿Crees que por eso te apresuraste a tener una relación con Myles Lederman? –preguntó él–. ¿Porque estabas buscando otra figura paterna?

—No lo sé... –Hayley suspiró de nuevo–. Quizá. Lucy, mi amiga en el salón de belleza, es lo que pensaba. Yo simplemente quiero ser feliz. Quiero llegar a tener una familia. Quiero tenerlo todo.

—No puedes tenerlo todo. Nadie puede, o por lo menos no para siempre –dijo él.

–¿Pero y qué pasa con los Henderson? –preguntó ella–. Después de tantos años de matrimonio todavía se aman el uno al otro. Eso es lo que yo quiero.

–¿Quieres un anciano babeando en una silla de ruedas en el futuro?

–En otro tiempo él fue un hombre fuerte y en forma como tú. Pearl lo ama por la persona que es. Eso es el verdadero amor, Jasper. Eso es lo que quiero yo.

–Tienes que ir a ver a alguien para que te cure ese complejo idealista que tienes. El mundo no está lleno de finales felices, Hayley. Tú más que nadie deberías saberlo.

–Sé que la vida no es siempre perfecta, pero quiero que mis hijos tengan una vida diferente a la que tuve yo –dijo, mordiéndose el labio–. Odié mi niñez. La constante hilera de hombres horribles que entraban y salían de mi vida. Odiaba tener que cambiar de colegio todo el tiempo. Odiaba ser la extraña, la que iba vestida con las peores ropas mientras que mi madre vestía los últimos modelos de diseño. Odiaba todo aquello. Ningún niño debería tener que pasar por eso.

Jasper frunció el ceño ante la amargura que desprendía el tono de voz de Hayley.

–No me di cuenta de que eras tan infeliz. Parecía que disfrutabas viviendo en Crickglades.

–Y disfruté –dijo ella–. Era el primer hogar de verdad en el que vivimos. Siempre habíamos vivido en pisos o en viviendas de protección oficial. Crickglades tenía el primer jardín por el que fui capaz de caminar. Me encantaban las rosas... ¡había tantas!

Jasper tuvo que tragar saliva para tratar de deshacer el enorme nudo que se le había creado en la garganta al recordarle ella a su madre al hablar.

–Odié tener que marcharme de allí cuando Gerald

se divorció de mi madre –continuó ella–. Él me pidió que me quedara, pero pensé que a ti te hubiera disgustado muchísimo.

Jasper se acercó a tomarle la mano. Le dio un leve apretón.

–Eras sólo una niña, cariño. Y una niña muy mona, si recuerdo bien.

Capítulo 8

EN CUANTO Jasper dobló la esquina de su calle, Hayley vio la señal de «vendido» en el edificio donde estaba ubicado su piso. Se quedó impresionada.

–Déjame adivinar –dijo con la acusación reflejada en la mirada–. Aquí también eres mi nuevo casero, ¿verdad?

–Efectivamente, cariño.

Ella apretó los dientes y abrió rápidamente la puerta del coche, dando un portazo al salir.

–Tuve que comprarlo. Era una ganga –dijo él, saliendo a su vez del coche y alcanzándola.

–Seguro que lo era –dijo, mirándolo con censura por encima del hombro.

–Lo era –dijo él–. Y tiene un gran potencial para desarrollar una gestión inmobiliaria.

Una vez entraron dentro de su casa, Hayley se dio la vuelta para mirarlo.

–Mi casera no me dijo nada sobre que iba a poner el edificio en venta.

–Debió de habérsele olvidado –dijo él, mirándola cándidamente.

–¿Por qué estás haciendo esto? –preguntó ella, frunciendo el ceño.

–Simplemente me estoy asegurando de que no cambies de opinión en el último minuto –dijo–. Voy a estar fuera por negocios durante la mayor parte de esta semana y no me puedo permitir el lujo de dejar que te eches para atrás.

–Eso es chantaje –dijo, apretando los dientes.

Jasper se encogió de hombros con indiferencia antes de sacar un trozo de papel de su bolsillo. Se lo acercó a ella, sonriendo levemente.

–Me tomé la libertad de depositar dinero en tu cuenta bancaria para cubrir los gastos de la boda y la luna de miel que ya habías pagado. Si piensas que no es suficiente, dímelo y te reembolsaré más.

–Gracias –dijo ella, tomando el recibo del banco y rozando los dedos de él levemente.

–Es lo justo. Sólo te vas a casar conmigo porque yo he insistido en ello. Lo normal es que yo pague todos los gastos. Te veré en la iglesia, pequeña –dijo él antes de marcharse.

El día antes de la ceremonia, Lucy anunció que había llegado otra visita al salón de belleza.

–Y no, no es ni Myles ni Jasper –dijo, respondiendo a la interrogante expresión de Hayley–. Es un cura.

–Es Raymond, el hermano mayor de Jasper –dijo Hayley, relajándose.

–¿El hermano de Jasper es *cura*? –preguntó Lucy, impresionada–. ¡Guau! Un casanova y un cura con voto de celibato en la misma familia. Eso es ir de un extremo al otro.

Hayley la miró como queriendo decir «a mí me lo vas a decir» y salió hacia la recepción.

–Hola, Hayley –dijo Raymond al verla–. Espero que no te importe que haya venido sin haber acordado una cita.

–No tienes que pedir ninguna cita para verme, Raymond –dijo ella, sonriendo–. A no ser que quieras una manicura o algo parecido –bromeó.

Raymond sonrió, pero estaba un poco tenso.

–¿Hay algún lugar donde podamos hablar en privado?

–Desde luego –contestó ella, guiándolo hacia su diminuto despacho.

Una vez allí, ambos se sentaron y Raymond respiró profundamente.

–Voy a ir directamente al asunto, Hayley. Tengo muchas preocupaciones acerca de tu matrimonio con Jasper. Creo que no deberías seguir adelante con ello.

–¿Cuáles son tus mayores objeciones?

–Yo quiero mucho a mi hermano, pero sé que te está utilizando para conseguir una fortuna que no necesita –dijo–. Y tú lo estás ayudando e induciendo.

–Parece que estuvieras hablando de un crimen.

–Es un crimen atarse a un hombre que sólo te usará para conseguir sus propósitos. Odio tener que hablar así de alguien de mi propia sangre, pero Jasper es un poco cruel. Estoy preocupado por ti, Hayley. Jasper convirtió tu vida en una miseria durante el tiempo que estuviste en Crickglades. Siempre estabas llorando por algo que él había dicho o hecho.

–Raymond, yo era una quinceañera llena de granos con las hormonas alteradas. Cualquiera me podría haber hecho llorar. No creo que Jasper tuviera ninguna mala intención. Él también sufría.

–Parece que ahora te gusta mucho. Yo pensaba que lo odiabas.

–Y yo pensaba que tú, más que nadie, me habrías alentado a apartar esos sentimientos tan destructivos y a que lo perdonase.

–Quizá tengas razón, pero todavía siento que es mi responsabilidad advertirte de en qué te estás metiendo. ¿Te das cuenta de que a los ojos de la iglesia tu matrimonio se considerará eterno y sagrado?

–Escucha, Raymond –dijo, echándose hacia delante en su silla para poder verlo–. Yo creo que lo que *siento* por Jasper es eterno y sagrado. No me importa lo que la iglesia tenga que decir al respecto. Por lo que a mí respecta, es algo que nos concierne solamente a él y a mí.

–Que Dios te ayude –dijo Raymond, levantándose–. Te has enamorado de él.

–No, no lo amo, pero tampoco lo odio como lo odiaba cuando éramos jóvenes –confesó.

–Y piensas que puedes cambiarlo, ¿verdad? –dijo él con la frustración reflejada en la voz–. No te haces idea de cuántas mujeres a las que confieso en la parroquia han estado creyendo tontamente durante años que podían cambiar al hombre de sus vidas. Hay algunos hombres para los que nada es suficiente y me temo que Jasper puede ser uno de ellos. Él es muy testarudo y le resulta imposible perdonar. ¿Cuánto tiempo crees que podrá durar un matrimonio así?

–Entonces supongo que sólo me queda rezar para que suceda un milagro.

–Vas a necesitar mucho más que un milagro –dijo, tomando las manos de ella entre las suyas y dándoles un apretón para darle ánimos–. Si necesitas a alguien que te ayude, yo estaré ahí para ti, Hayley. Por favor, recuérdalo.

–Gracias, Raymond, lo recordaré –dijo ella, emocionada.

Raymond le soltó las manos y suspiró, apenado.

–Siento no poder estar contigo mañana. Jasper me lo pidió, pero ya tenía otra boda programada.

–No pasa nada, Raymond. Saber que estarás pensando en mí será suficiente.

–Espero que el milagro que esperas se cumpla, Hayley –dijo él, dirigiéndose hacia la puerta–. Rezaré por ti.

–Gracias. Creo que voy a necesitar toda la ayuda que sea posible.

El sábado por la mañana Hayley estaba en la puerta de la iglesia con Lucy revoloteando a su alrededor.

–¿Estás preparada? –preguntó Lucy mientras le daba los últimos toques al velo de su amiga.

–Creo que sí –contestó Hayley, respirando profundamente.

–Está bien, entonces vamos allá.

En cuanto se dirigió al altar y su mirada se cruzó con la de Jasper, Hayley sintió algo extraño en el pecho. Vio una llamarada de deseo reflejada en los ojos de él.

–Estás muy guapa –dijo él, sonriendo.

Ella sonrió a su vez, consciente de que todos los estaban mirando.

–Tú también estás muy bien.

Entonces comenzó la ceremonia y a Hayley le tembló levemente la voz al percatarse de la sinceridad de sus promesas. Resentida, se dio cuenta de que la voz de Jasper no era tan convincente como la suya y cuando la besó lo hizo sin ningún entusiasmo.

Una vez terminó la ceremonia salieron de la iglesia, donde había un despliegue de fotógrafos. En la celebración que siguió, Hayley, tras varias copas de champán, trató de engañarse haciéndose creer que aquello era real. De otra manera se hubiera puesto a llorar.

Jasper mantuvo silencio durante la mayor parte del tiempo, provocando el enfado de ella ya que estaba actuando como si su vida hubiese llegado a su fin.

Al finalizar la fiesta, Jasper la guió hacia la limusina que había esperándolos.

–Bueno, gracias por haberme hecho parecer una completa idiota –dijo ella, dirigiéndole una virulenta mirada mientras se marchaban en el automóvil.

–¿De qué estás hablando? –preguntó él.

–Por lo menos podías haber fingido que te estabas divirtiendo. Parecía que alguien te estaba apuntando con una pistola.

–Sí, bueno, así es como me sentía –comentó él, esbozando una sardónica mueca–. Ha sido una semana muy larga, con muchas cosas que organizar.

–¿Cómo fue tu viaje de negocios?

–Hayley, ahora ya no tienes que jugar el papel de la novia enamorada; no hay nadie mirando.

–No tienes por qué ser tan grosero. Sólo estaba tratando de entablar una conversación –dijo ella.

–Para tu información, tengo un dolor de cabeza terrible. Necesito dormir un par de horas y estaré bien.

–Deberías habérmelo dicho –dijo ella, dirigiéndole una arrepentida mirada–. Nos podíamos haber marchado mucho antes.

–Estaré bien –dijo él, agitando la mano.

Pero cuando al poco rato llegaron a la casa de él, Hayley se dio cuenta de que no lo estaba. Tenía mala cara y al salir del coche le temblaron las piernas.

–No parece que estés muy bien –dijo ella, tomándolo del brazo.

Él se apartó de ella y comenzó a dirigirse hacia la casa, pero a los pocos metros le fallaron las piernas y cayó de rodillas.

Hayley se apresuró a su lado, pero él la apartó con un gruñido.

–Déjame en paz. Te vas a marchar el vestido.

–No me importa nada el vestido –dijo ella, agarrándolo por el codo y ayudándolo a levantarse–. Te voy a llevar a la cama ahora mismo.

–Vaya momento para decirme algo así –dijo él, esbozando una compungida mueca.

Al llegar a la puerta principal, Hayley le pasó un brazo alrededor de la cintura.

–No pretenderás llevarme en brazos... –preguntó él, balanceándose sobre sus pies–. Se supone que ése es mi trabajo.

–Si tengo que hacerlo, lo haré –contestó ella, llevándolo a rastras al cuarto de baño más cercano.

–Ahora ya te puedes marchar –dijo él al entrar y apoyarse sobre el retrete. Estaba lívido.

–Debes de estar bromeando –dijo ella, tomando una toalla y humedeciéndola en la pila–. Ahora no es el momento para tener pudor, Jasper. Obviamente has agarrado una infección.

–De la que tú también te contagiarás si te acercas a mí.

–Estás ardiendo –dijo al colocarle la toalla en la nuca–. Creo que debería telefonear a un médico.

–No te atrevas –dijo él, agarrándose al borde de la bañera para levantarse y tomando la toalla, hundiendo la cabeza en ella.

–Jasper, nunca antes te había visto enfermo. ¿Y si es algo serio? Como apendicitis o algo así.

–Ya te he dicho que estoy bien. Sólo es un dolor de cabeza.

–Debe de ser migraña.

–Nunca antes he tenido una...

Hayley se acercó para ayudarlo a quitarse la chaqueta y para su sorpresa él no se resistió. También le desató la corbata y la camisa, pero cuando iba a desabrocharle los pantalones, él le agarró la mano.

–Esta noche no, cariño. No tengo ganas.

–¿Estarás bien en la ducha? Esperaré fuera en caso de que me necesites.

–Dame diez minutos –dijo él–. Entonces, si no obtienes respuesta, telefonea a mi agente de seguros y dile que irás a cobrar mi seguro de vida por la mañana. Te arreglará la vida.

–A veces puedes llegar a ser un estúpido. No me casé contigo por tu dinero y lo sabes.

–¿Por qué te casaste conmigo, Hayley?

–Ya lo sabes.

–Sí, te chantajeé, ¿verdad? –preguntó, cerrando los ojos.

Pero al abrirlos al ver que ella no contestaba, se dio cuenta de que se había marchado.

Capítulo 9

HAYLEY fue a la habitación de Jasper para prepararle la cama y vio la maleta que él había hecho para el viaje que tenían planeado hacer al día siguiente. Cerró las cortinas justo cuando él entró en el dormitorio con una toalla alrededor de la cintura. Parecía realmente enfermo.

–¿Qué hacemos sobre el viaje? –preguntó ella–. ¿Piensas que debemos anularlo?

–No tenemos que salir hasta la hora de comer, pero si no vamos, ¿estarías muy decepcionada?

–Pues claro que no. Apenas puedes subir y bajar las escaleras, por no hablar de volar a una isla tropical –dijo, tocándole la frente con la palma de la mano–. Todavía tienes fiebre. Te daré algo para que te baje.

Cuando regresó al dormitorio con una pastilla de paracetamol y un vaso de agua, él estaba tumbado en la cama y la toalla que había llevado anudada a la cintura estaba en el suelo. Se sentó en el borde de la cama.

–Aquí tienes –dijo, consciente de que él estaba desnudo debajo de las sábanas.

–Gracias –dijo él, tomando la pastilla y el vaso de agua.

–¿Quieres algo más?

–No.

–¿Estás seguro?

–Por favor, vete, Hayley. No tienes por qué preocuparte. No te voy a atar a que estés conmigo tanto en la salud como en la enfermedad.

—Dejaré la puerta abierta, así que si me necesitas, llámame. Llevaré mis cosas a la habitación de invitados que hay en la puerta de al lado.

—Sería mejor que te mantuvieras lo más alejada posible por si fuera contagioso.

—Seguramente ya sea muy tarde para esa precaución —dijo ella—. No te olvides de que me besaste. No es que fuera un beso muy bueno ni nada de eso...

—No tenía la intención de contagiarte.

—Deberías haberme dicho que no te encontrabas bien.

—¿Y qué hubiéramos conseguido con ello? La iglesia estaba repleta de invitados, la celebración estaba preparada y los reporteros estaban como locos.

—¿Estás seguro de que no quieres que llame al médico? Si quieres puedo telefonear a una clínica que esté abierta veinticuatro horas.

—Parece que estás teniendo problemas para entender la palabra «no» —dijo, mirándola con dureza.

—Sí, bueno, he oído que las parejas casadas frecuentemente acaban siendo muy parecidos. Quizá es una característica que ya se me ha pegado de ti.

Jasper cerró los ojos, suspirando en señal de derrota.

—Dame un respiro, cielo. No me maltrates cuando ya estoy hecho polvo.

Hayley se sintió completamente desarmada por aquella vulnerabilidad tan poco característica en él. Se acercó y le acarició la frente de nuevo.

—Lo siento —dijo, susurrando.

—Sé una buena chica y deja que me ocupe de esto yo solo. No estoy acostumbrado a tener a nadie preocupándose por mí.

–No tienes por qué estar solo.

Pero pareció que él no la oyó y al poco rato cayó profundamente dormido.

Hayley fue tres veces a comprobar cómo estaba Jasper antes de irse a la cama. Estaba muy cansada. Había estado todo el día fingiendo estar enamorada de él. Le enfurecía ser tan débil y haberse enamorado de él aun conociéndolo como lo conocía.

Se acostó y deseó poder dormirse pronto para así no pensar en cómo se había sentido cuando él la había besado...

Horas después se despertó por el ruido que estaba haciendo Jasper al vomitar en el cuarto de baño de su habitación. Dudó qué hacer ya que quería ir con él, pero sabía que él quería estar solo.

Pero decidió que era mejor ir a ver cómo estaba antes que quedarse tumbada en la cama preocupándose por él. Se puso una bata y se acercó a la puerta de su dormitorio.

–¿Jasper? ¿Estás bien?

La respuesta que obtuvo fue un silencio inquietante. Entró a la habitación y se dirigió al cuarto de baño, encontrándose a Jasper desplomado entre el lavabo y el retrete.

–Oh, pobre –dijo, apresurándose hacia él–. ¿Te has hecho daño?

–Estoy bien... –gruñó él, tratando inútilmente de levantar la cabeza.

–Ya es suficiente –se quejó ella–. Voy a telefonear a un médico.

–Mientras lo haces quizá también deberías telefonear a la funeraria –dijo secamente.

Hayley humedeció una toalla y suavemente se la pasó por la cara. Entonces se dirigió a telefonear a la clínica; le prometieron que iría un médico a la casa en media hora.

Entonces volvió al cuarto de baño para encontrarse a Jasper luchando por poder levantarse. No pudo evitar que brotaran lágrimas de sus ojos.

—Por favor, dime que ésas no son lágrimas de alegría al pensar que voy a fallecer.

—No puedo soportar verte así. No puedo soportar ver a nadie así.

—Debo de tener mucho peor aspecto de lo que en realidad me siento, lo que ya es decir porque me siento como si una lápida con mi nombre grabado estuviera dándome golpes sobre la cabeza.

—El médico viene de camino —explicó ella, secándose las lágrimas con la mano.

—Nena, estás empezando a asustarme con toda esta preocupación conyugal.

El timbre de la puerta sonó y Hayley se levantó.

—Será el médico.

—Está en el cuarto de baño —dijo Hayley, guiando al doctor Alistair Preece a la habitación.

Pero entonces vio que Jasper estaba en la cama.

—Oh, quiero decir que él está aquí.

Se apartó a un lado mientras el médico le hacía a Jasper una serie de preguntas, incluyendo lo que había comido durante las últimas cuarenta y ocho horas. Le tomó la tensión y le sacó sangre. Su diagnostico era que tenía un virus estomacal.

—En más o menos un día debería estar bien —le dijo el doctor a Hayley—. Recomiendo que se quede en la cama y que tome líquidos, pero si no mejora, llévelo a una clínica para que no se deshidrate.

Hayley acompañó al doctor a la puerta y al regresar al dormitorio se encontró a Jasper tratando de volver al cuarto de baño.

–¿Vas a vomitar de nuevo?

–No –respondió él–. Pensé en darme una ducha.

Ella se aseguró de que él tenía suficientes toallas y cerró la puerta. Entonces se dispuso a cambiar las sábanas de la cama. Una vez terminó, vio salir a Jasper del cuarto de baño.

–No tenías por qué hacer eso –dijo él, frunciendo el ceño levemente.

–No me ha supuesto ningún problema –dijo, abriendo las sábanas para que él se tumbara–. Voy a salir para comprarte los líquidos que ha recomendado el doctor. Seguramente sea por eso que te duele tanto la cabeza; es porque estás deshidratado. ¿Estarás bien durante mi ausencia?

Jasper asintió con la cabeza.

–Eric dejó las llaves de tu coche en la mesita de la entrada –dijo–. Pero puedes llevarte el mío.

–No, prefiero conducir mi propio coche. Cierra los ojos. Volveré lo antes que pueda.

Poco tiempo después, Jasper abrió los ojos y vio a Hayley de pie al lado de su cama con una bebida de aspecto vomitivo en sus manos.

–Tienes que bebértelo despacio –dijo ella, acercándole el vaso a la boca–. Bebe unos pequeños sorbos para ver si lo retienes.

Jasper bebió un sorbo y le relajó la garganta.

–Me pregunto si esto es un presagio o algo así –dijo,

recostándose en las almohadas–. Quizá Raymond me ha echado una maldición por haberme casado contigo por razones erróneas.

–Vino a verme mientras tú estabas de viaje.

–Oh, ¿de verdad? ¿Qué hizo? ¿Trató de advertirte que no te casaras conmigo?

–Más o menos.

–Entonces es obvio que no tuvo éxito.

–No me dejaste mucha elección –señaló Hayley–. Tuve que casarme contigo para salvar mi negocio.

–Y yo tuve que casarme contigo para salvar mi herencia. No tenía otra opción.

–Nunca pensé que mi vida sería así –dijo ella tras un momento de silencio–. Pensaba que el día de mi boda sería... ya sabes... diferente a esto.

–Supongo que tener al novio tumbado en el suelo del cuarto de baño no es como imaginan las niñas su día especial –comentó él secamente.

–No, no lo es –dijo ella, esbozando una irónica sonrisa–. Yo me imaginaba burbujas de champán en vasos de cristal y pétalos de rosa sobre la cama.

–Así que yo he hecho un desvío creativo. Trata de no tenérmelo en cuenta. Quizá te compense en la cama.

–Yo creo que no.

–¿Porque realmente querías a Myles? –preguntó él, mirándola.

–Yo quería casarme con un hombre que me amara –dijo, mirándose las manos–. ¿Es eso mucho pedir?

–Tienes la cabeza llena de sueños románticos que raramente se cumplen en la vida real –dijo él–. La mayoría de las parejas dejan de estar enamoradas antes del segundo aniversario.

–Pero el verdadero amor a veces existe. Si no, mira a los Henderson.

–Quizá de vez en cuando una pareja encuentra la química que supera al tiempo, pero es muy extraño –dijo Jasper–. Todavía eres joven, Hayley. En cuanto nos divorciemos encontrarás a alguien, a alguien mucho mejor que Myles, y por descontado mucho mejor que yo.

–No es fácil encontrar hombres agradables hoy en día. Yo pensaba que había acertado con Myles, pero ahora no estoy tan segura. ¿Cómo voy a poder fiarme de nuevo de mi juicio?

–¿Estás finalmente dispuesta a admitir que no estás enamorada de él?

–Él fue el primer hombre que me dijo que me amaba. Supongo que me encandiló el hecho de pertenecer a alguien.

–¿No te dijo nunca mi padre cuánto te quería? –preguntó él, frunciendo el ceño.

–No con palabras, pero yo siempre supe que así era. Supongo que él no se sentía a gusto expresándolo con palabras.

–Te mereces algo mejor que esto, Hayley. Todavía no entiendo muy bien por qué el viejo dejó las cosas tan complicadas. Sé que estaba dispuesto a encarrilar mi vida, pero no entiendo por qué tuvo que utilizarte a ti para conseguirlo.

–No pasa nada, Jasper –dijo ella, acariciándole la mano–. No es por mucho tiempo y entonces tú tendrás lo que quieres.

–¿Pero y qué pasa con lo que quieres tú? –preguntó él, entrelazando los dedos con los de ella.

–Supongo que lo que yo quiero puede esperar un poco más.

–Éste es el día uno. Sólo quedan treinta.

Hayley miró las manos de ambos y contuvo un suspiro. Él estaba contando los días para volver a ser libre mientras que para ella cada momento que pasaba con él era como un tesoro.

No podía olvidar la manera en que la había besado y sintió cómo se endurecían sus pezones con sólo mirarlo allí tumbado en la cama. Podía imaginarse lo emocionante y satisfactorio que sería hacer el amor con él. Su boca sabía a sexo...

Casi sin percatarse de lo que estaba haciendo, se acercó y le dio un leve beso, aliviando la sequedad de los labios de él con la punta de su lengua. Oyó cómo gimió levemente y se apartó de él, momento en el que se le aceleró el corazón. Pero después de un par de minutos mirándolo, se percató de que estaba profundamente dormido y su corazón volvió a latir con normalidad...

Capítulo 10

CUANDO Hayley abrió los ojos al empezar a amanecer, vio a Jasper mirándola.

–¿Cómo te encuentras? –preguntó.

–Estoy bien –respondió él–. ¿Y tú cómo estás?

–¿Yo?

–Sí, tú –dijo él, apartándole algunos rizos de la cara–. No te he contagiado, ¿verdad?

–Por el momento no –contestó, sintiendo cómo un cosquilleo le recorría la espina dorsal.

Jasper se quedó mirándola en silencio, un silencio cargado de promesas eróticas. Hayley se percató de lo cerca que estaban sus piernas de las de él.

–Parece que estás un poco caliente –observó él, poniéndole una mano en la frente.

–Es sólo porque he estado durmiendo contigo... quiero decir... bueno, tú ya sabes...

Jasper tomó de nuevo un mechón de pelo de ella y comenzó a juguetear con él.

–Anoche tuve un sueño muy extraño –dijo.

–¿Oh? –Hayley se humedeció los labios–. ¿De qué iba?

Jasper la miró a la boca antes de volver a mirarla a los ojos.

–Soñé que te hacía el amor de forma apasionada.

–Guau, sí que es raro –dijo ella, fingiendo indiferencia.

–Pero lo que ha sido más raro aún ha sido encontrarte en mi cama esta mañana –dijo, soltando el mechón de pelo de ella y frunciendo el ceño–. No te hice nada que tú no quisieras, ¿verdad?

A Hayley le impresionó y conmovió la preocupación que reflejaba el tono de voz de él.

–No, claro que no.

–¿Hicimos el amor?

–No.

–¿No ocurrió nada?

–No ocurrió nada, Jasper.

Se creó un tenso silencio.

–También tuve otro sueño –dijo, volviendo a mirarla a la boca–. Por lo menos creo que es un sueño, pero podría estar equivocado. Quizá haya ocurrido de verdad.

–¿Oh?

–Soñé que me besabas.

Hayley apartó la mirada.

–Seguramente estabas soñando con el beso que nos dimos en la iglesia...

–Creo que no –dijo él, levantándole la barbilla con un dedo y mirando a sus ojos–. ¿Por qué me besaste, Hayley?

–Estaba cansada y no pensaba con claridad. Lo siento. No ocurrirá de nuevo.

–No tienes que disculparte y quiero que ocurra de nuevo. He estado pensando sobre ello mientras dormías, imaginándome cómo me sentiría estando dentro de ti. He tenido el cuerpo ardiendo durante la última hora.

–Jasper, yo... –comenzó a decir ella, humedeciéndose de nuevo los labios.

–Dime que no quieres hacer el amor conmigo –dijo

él, dándole un beso en el cuello–. Dímelo y ahora mismo dejo el tema.

Hayley se preguntó cómo iba a ser capaz de pensar con claridad mientras él le besaba la sensible curva de su cuello. Entonces él comenzó a besarle la comisura de los labios, acercando la lengua a su labio inferior, una, dos, tres veces...

–¿Quieres que me detenga? –preguntó.

–No... –contestó, acercando la boca a la de él, diciendo mucho más con el beso que le dio que con palabras.

Le acarició el pelo mientras él la besaba apasionadamente. Sintió el calor y la prueba de la erección de él entre sus piernas al darle la vuelta para que estuviera tumbada de espaldas. Abrió las piernas para que él se acomodara en ella y sintió cómo le acariciaba con su cuerpo los sensibles pliegues de su feminidad.

Jasper dejó de besarla para poder bajar la cabeza y chuparle un pecho a través de la seda de su camisón y, cuando comenzó a chupar con fuerza el pezón, ella sintió cómo una ola de placer le recorría el vientre, seguida de una corriente eléctrica por todo su cuerpo. Él comenzó a hacer lo mismo en su otro pecho y entonces, justo cuando ella pensaba que no iba a poder soportarlo durante más tiempo, le destapó ambos pechos. Hayley sintió cómo le quemaba la mirada de él sobre sus cremosos pechos, que tenían endurecidos los rosados pezones.

–Eres tan perfecta... –dijo él, acariciándole los pechos–. Tan bella...

Ella aguantó la respiración al comenzar él a chuparle e incitarle los pezones, haciendo que perdiera el control.

Entonces él le acarició su húmeda feminidad, abriéndola delicadamente. Hayley gimió, sintiendo gran placer al comenzar él a acariciar el hinchado corazón de su feminidad. Sintió como si su cuerpo estuviera al borde de un gran precipicio.

—Estás tan preparada para mí... —gimió él en la boca de ella—. Tan prieta y húmeda...

Hayley no podía articular palabra; todo lo que podía hacer era sentir lo que él le estaba haciendo.

Jasper bajó entonces a saborear la sensible perla de ella. Cuando la tocó con la lengua, Hayley se arqueó, gimoteando al hacerlo él una y otra vez. No pudo controlar la tormenta de emociones que explotaron en su cuerpo como un volcán que había estado esperando años para explotar. Sintió cada temblor y las deliciosas réplicas en cada poro de su piel, quedándose débil y satisfecha.

Entonces él tomó un preservativo de la mesilla de noche y Hayley observó, excitada, cómo se lo ponía. Al volver a la cama volvió a besarla apasionadamente mientras la penetraba. Ella se estremeció al sentirlo dentro, sus músculos internos no estaban acostumbrados a aceptar un arma tan poderosa y ancha...

—¿Estoy yendo demasiado deprisa? —preguntó él, preocupado y dejando de moverse.

—No, no... claro que no.

—Ya *has* practicado sexo antes, ¿verdad que sí?

—Claro que sí.

—¿Cuántas veces?

—Hum... sólo cuando...

Jasper soltó un improperio y comenzó a retirarse.

—¡No! —dijo ella, agarrándolo para mantenerlo dentro—. Quiero que esto sea especial. Mi primera vez fue un desastre... por eso nunca traté de repetirlo.

—¿Te forzó? —preguntó él, frunciendo el ceño.

–No, claro que no –dijo ella–. Ambos éramos muy jóvenes e inexpertos. Él no sabía lo que estaba haciendo y yo no fui de mucha ayuda. Acabó antes siquiera de empezar.

–Desearía que me lo hubieses dicho –dijo él–. Podría haber llevado las cosas más despacio. ¿Te he hecho daño?

–En realidad no...

–¿Te he hecho daño, Hayley? –preguntó él de nuevo, levantándole la barbilla.

–No mucho... –susurró, conteniendo las ganas de llorar.

Jasper maldijo de nuevo y comenzó a apartarse, pero ella lo agarró de las nalgas.

–Por favor, enséñame por qué hay tanto alboroto sobre el sexo. Por favor, Jasper, quiero saber cómo es tener un orgasmo practicando sexo. Nunca antes lo he sentido. Durante años me he sentido como un fracaso en la cama. Hazme sentir como una mujer.

Él dudó, pero Hayley pudo sentir cómo finalmente comenzó a moverse de nuevo. Al principio sus movimientos fueron delicados, pero al poco tiempo perdió el control y comenzó a moverse más rápido. Con cada movimiento la estaba llevando a un punto que ya no tenía vuelta atrás. Jamás podía haberse imaginado cómo se sentiría al tener la fuerza y la pasión de él llenándola por completo. El aroma y el sabor salado de la piel de él eran increíblemente sensuales y excitantes.

Jasper comenzó a besarla apasionadamente y ella respondió de la misma manera, restregando su lengua con fuerza contra la de él. Apretó su cuerpo, sujetándolo, liberándolo, volviéndolo a sujetar hasta que oyó cómo él respiró tensamente, luchando para mantener el control.

Entonces él comenzó a acariciarla, llevándola de nuevo al paraíso del placer.

Con la respiración todavía agitada, miró a Jasper a los ojos.

—¿Todavía quieres jugar más, nena? —preguntó él, esbozando una peligrosa y sexy sonrisa.

Hayley estaba sorprendida ante su propio descaro; nunca antes se había sentido tan sensualmente viva y segura. Se acercó y comenzó a besarle la cadera, dibujando pequeños círculos con la lengua, cada vez más anchos hasta que él estuvo tumbado de espaldas. Tenía tan cerca de la boca la creciente excitación sexual de él que pudo ver cómo él tensaba su pecho y su estómago en señal de anticipación. El tenerlo allí tumbado bajo sus órdenes le daba una embriagadora sensación de poder.

Oyó cómo él decía una palabrota al acercarse ella cada vez más a su sexo y cuando finalmente lo saboreó, él se agarró a las sábanas con fuerza...

—¿Dónde demonios aprendiste a hacer eso? —preguntó, gimiendo.

Hayley sonrió y volvió a bajar la cabeza para meterse por completo en la boca el sexo de él. Sintió cómo la pasión le recorría la tripa al sentir cómo se sacudía él de excitación y sorpresa al comenzar ella a dar círculos con la lengua sobre su miembro.

—Oh, Dios, no me puedo aguantar... —dijo Jasper, jadeando y tratando de apartarse.

Pero ella le puso una mano sobre su firme estómago, impidiendo así que se moviera y llevándolo a la cima del placer. Jasper cerró los ojos y se estremeció. Una vez se hubo calmado, se preguntó cuándo había tenido una conexión física tan perfecta con otra amante.

Al abrir de nuevo los ojos vio que ella lo estaba mirando y esbozando una tímida sonrisa. Él acercó su mano y atrajo la sedosa cabeza de ella hacia su pecho.

–Nadie me había hecho antes algo así –dijo.

–¿Qué?

–Quiero decir sin un preservativo –contestó, jugueteando con el pelo de ella–. Es completamente diferente; de hecho, es increíble.

Hayley estuvo tumbada allí con él un poco más, acariciándolo, antes de levantarse de la cama.

–¿Adónde vas?

–Me voy a duchar –respondió ella, agarrando su bata del suelo y poniéndosela–. Si vamos a salir de viaje, deberíamos ponernos en marcha.

–¿Todavía quieres ir?

–¿A ti te apetece? –preguntó ella.

–Me sorprende que siquiera lo preguntes –dijo, levantándose–. Pensaba que te lo había dejado más que claro. A pesar de lo mal que estuve anoche, ahora estoy muy bien.

–Estaba tan preocupada por ti... –reconoció ella, apartando la mirada.

–Tengo que decir que me ha gustado la manera en la que has mostrado tu preocupación –dijo, acercándose a ella y levantándole la barbilla.

–Ha sido sólo sexo, Jasper –dijo ella aplastantemente–. Nada más.

–¿Es eso todo lo que quieres de mí? ¿Sólo sexo? –preguntó, soltándole la cara.

–Eso es todo lo que tú ofreces, ¿no es así, Jasper? Sólo sexo. Ningún compromiso, ningún tipo de futuro es posible... sólo sexo.

–¿Y tú vas a estar contenta con eso?

Hayley tuvo que luchar para controlar su expresión y no revelar que deseaba mucho más.

–Esto que está ocurriendo entre nosotros se apagará con el tiempo. Quizá ni siquiera dure un mes.

–¿Eso crees?

–Lo sé, Jasper. Tú no has tenido una relación que durara más de un mes o dos. Yo no soy tu prototipo de mujer y, además, nos tenemos que divorciar en un mes. Yo quiero hijos y una casa. Tú quieres el estilo de vida de un mujeriego sin ataduras.

–Pero por ahora podemos seguir haciendo esto –aventuró Jasper–. Durante el tiempo que tenemos. Para ver cómo va. ¿Qué te parece?

–Podemos hacerlo –contestó ella, logrando controlar la expresión de su cara–. ¿Pero no sería eso pedir problemas para cuando el tiempo se acabe?

–Podríamos alargar el matrimonio –sugirió él–. No nos tenemos que separar justo en un mes.

–¿Para qué? Yo quiero cosas muy diferentes a las que tú quieres en la vida. Me estarías impidiendo luchar por lo que quiero simplemente para continuar en una relación que no va a ninguna parte.

–Te quiero a ti, Hayley –dijo–. Y tú me quieres a mí.

–¿Pero durante cuánto tiempo?

–Eso es una pregunta difícil. Una semana, un mes, dos meses. ¿Quién sabe?

–Pero no para siempre –dijo ella, suspirando levemente–. Tú no eres un tipo para siempre.

–Nadie puede prometer que algo es para siempre. La vida no es predecible. Puede pasar cualquier cosa; tú deberías saberlo.

–Lo *sé* –contestó ella–. Y por eso ahora quiero estabilidad en mi vida. La deseo.

–No te puedo dar lo que quieres en el futuro, pero sí ahora mismo.

—«Ahora mismo» suena como un premio de consolación –dijo ella.

–Quizá lo sea, pero es mejor que quedarse con las manos vacías, ¿no es verdad?

Capítulo 11

CREO que alguien ha cometido un error –dijo Hayley, frunciendo el ceño y mirando el itinerario del viaje una vez llegaron al aeropuerto–. Aquí dice que vamos a la isla de Bedarra, pero se suponía que Myles y yo íbamos a ir a pasar nuestra luna de miel en Green Island.

Jasper puso el equipaje de ambos en la cinta transportadora y se dio la vuelta para mirarla.

–Me tomé la libertad de cambiar tus reservas. No quería que estuvieras deprimida porque lo echaras de menos. Bedarra es un destino mucho más privado y exclusivo.

Hayley frunció aún más el ceño al pensar en el famoso y romántico lugar de escape que constaba de sólo dieciséis villas de lujo.

En cuanto subieron al avión, comenzó a leer un libro, pero de vez en cuando miraba a Jasper, que parecía dormido y que todavía en aquel momento no tenía muy buen color.

–¿Te encuentras bien? –preguntó ella.

–Sí –contestó él, restregándose la cara–. ¿Y tú?

–Yo estoy bien.

–¿No estás dolorida?

–No –respondió Hayley, ruborizándose y apartando la mirada.

–No me lo dirías aunque lo estuvieras, ¿verdad?

–No, probablemente no –dijo ella, mirándolo compungidamente.

Jasper le tomó la mano y se la llevó a la boca, dándole un beso en la yema de los dedos.

–Seré delicado contigo, nena. Lleva un tiempo acostumbrarse a un amante nuevo.

Hayley agradeció la distracción que supuso el aterrizaje y el tomar una lancha que los llevaría a Bedarra.

Cuando llegaron a la isla, la dulce y húmeda fragancia del trópico llenó sus sentidos y una vez se marchó la persona que los guió hacia la villa, Jasper sirvió champán.

–¿Qué te parece? –preguntó, acercándole a Hayley una copa llena de burbujas.

–Es fabuloso –contestó ella, mirando la lujosa villa y bebiendo un sorbo del delicioso champán–. Pero no tenías por qué haber cambiado las reservas. Debe de haberte costado una fortuna.

–Y si así es, ¿qué ocurre? Como no pretendo irme de nuevo de luna de miel, pensé que debía preparar ésta debidamente. Así que brindemos para estar juntos un mes.

–Por un mes de locura –brindó ella.

–¿Es eso lo que crees que será?

–¿Qué otra cosa podría ser? La última persona en el mundo con la que querrías estar casado es conmigo, incluso durante un corto espacio de tiempo.

–Escucha, cielo –dijo él, frunciendo el ceño–. No te lo tomes como algo personal. El matrimonio nunca ha sido algo que me haya gustado. Ya te lo dije.

–¿No quieres nada más de la vida, Jasper? –preguntó ella, susurrando–. Ya sabes... tener a alguien por quien regresar a casa cada día, con quien hablar de tu vida, con quien compartir la intimidad que da la compañía.

–Déjalo ya, Hayley –ordenó él–. Para de decir estupideces. Ya conoces el acuerdo. Esto no es algo permanente.

–No puedes vivir solo el resto de tu vida. Todos necesitamos a alguien alguna vez.

–Parece que estuvieras cantando una canción –dijo, esbozando una mueca de desdén–. Abandona tus sueños románticos. Yo no soy tu tipo.

Hayley se mordió el labio inferior mientras miraba las burbujas de su copa de champán.

–Ya lo sé, pero es agradable oír las palabras «te amo».

–Sabía que acostarme contigo sería un error –gruñó él, frunciendo el ceño–. No lo comprendes, ¿verdad? No es culpa tuya, eres encantadora y todo eso, pero yo no te puedo ofrecer más que este corto periodo de tiempo.

–Has utilizado mi debilidad para conseguir lo que quieres –dijo ella con lágrimas de dolor asomándole a los ojos–. Ahora me doy cuenta. Sabías que no me casaría contigo a no ser que me obligaras y, para asegurarte en caso de que no te funcionara, hiciste que me enamorara perdidamente de ti.

–¿Crees que eso es lo que planeé hacer?

–¿No lo es? –dijo ella, a quien le temblaba el labio inferior.

–No, no es así. Estás confundiendo la atracción física con otras emociones.

–¿Así que por lo menos admites que te sientes atraído por mí?

–No puedo negarlo cuando en varias ocasiones has tenido la evidencia de ello en tus manos o en tu boca, por no mencionar en tu cuerpo, ¿no es así?

–Me has utilizado para conseguir lo que querías. Te diste cuenta de lo vulnerable que soy y me atacaste sin piedad.

Se creó un tenso silencio.

–¿Me estás queriendo decir que estás enamorada de mí? –preguntó él.

–No, claro que no –contestó ella sin poder soportar su mirada–. No soy *tan* tonta.

–Pero *sí* que te sientes atraída por mí.

–Estoy segura de que no por mucho tiempo –dijo, reuniendo todo su orgullo–. Estoy avergonzada de mí por haberte respondido.

–¿Todo esto es otra vez por Myles? Él te traicionó. No era legal, Hayley. Se iba con cualquiera que estuviera disponible.

–No hay duda de que sabes de lo que hablas –espetó ella–. No eres quién para criticar las proezas sexuales de otro hombre teniendo en cuenta que tú eres la referencia de los casanovas.

–Por lo menos yo soy sincero en mis intenciones. No voy por ahí haciendo promesas que sé que no voy a cumplir. Desde el principio te dije lo que había. No puedo evitar que tú decidas ignorar mis advertencias y romperte el corazón en el proceso.

–Eres un malnacido insensible –dijo ella, enfadada, con los ojos llenos de lágrimas–. No te preocupas más que de ti mismo, ¿verdad? Todo lo que haces en la vida es para ti y así ha sido durante años. Si yo fuera Daniel Moorebank me avergonzaría de que tú fueras mi padre. No te mereces serlo.

De repente, la furia se vio reflejada en la oscura mirada de Jasper.

–No sabes de lo que estás hablando, rencorosa. No sabes nada de eso.

–Por lo que he oído del nuevo esposo de Miriam, te has negado una y otra vez a mantener a Daniel. ¿Cómo puedes darle la espalda de esa manera a tu propio hijo?

–Así que has conocido a Martin Beckforth, ¿verdad? –dijo Jasper, esbozando una mueca.

–Hace un par de meses vino a buscar a su madre porque ella tenía el coche en el taller. No es fácil ser padrastro y el trabajo es incluso más duro si el verdadero padre no cumple sus obligaciones.

–No me importa mantener a Daniel, pero me niego a mantener a ese estúpido holgazán.

–Él no es así –dijo ella–. Parecía una persona muy agradable y que estaba muy preocupado por Daniel, quien, por cierto, se está convirtiendo en una persona muy difícil.

–Mantente al margen de mi vida, Hayley –ordenó–. Puedes dormir en mi cama cuando quieras, pero mantente apartada de mi vida –dijo, marchándose de la villa a toda prisa.

No lo volvió a ver durante el resto de la tarde, lo que provocó que su enfado se acentuara. Se sintió muy tonta al tener que sentarse a solas en el restaurante mientras estaba rodeada de parejas. Al final se dio por vencida y fue a dar un paseo por la playa bajo la luz de la luna, quitándose las sandalias para andar por la arena y llevándolas en la mano.

Entonces vio una solitaria figura tirando piedrecillas al mar... Lo había visto haciendo lo mismo en el estanque de Crickglades. Parecía muy tenso y debió de presentir que ella estaba allí ya que se giró para mirarla.

–Si esperas que me disculpe, no lo voy a hacer –dijo, lanzando una nueva piedrecilla.

–Me he sentido como una idiota comiendo sola –espetó, resentida–. Por lo menos podrías haber apartado tu hosca actitud y haber fingido ser un marido atento. Ése es el acuerdo, ¿recuerdas? Cuando estemos en público tenemos que actuar como si todo fuese normal entre nosotros.

Jasper se acercó mucho a ella.

–¿Qué ocurre, nena? ¿De repente te sientes sola?

–Eres horrible.

–Y tú eres una mujerzuela cotilla.

–Ojalá nunca hubiese aceptado ser parte de toda esta farsa –dijo, conteniendo las ganas de pegarle.

–¿Y por qué lo hiciste? –preguntó él.

–Ya lo sabes.

–¿Porque no pudiste resistirte a mí? Vamos, reconócelo, Hayley. Querías hacerlo conmigo, ¿no es así? Lo deseabas desde hace años.

–Voy a hacer que te arrepientas de esto –advirtió ella imprudentemente–. Te vas a arrepentir de haberte casado conmigo, te lo aseguro.

–Eres como todas las demás mujeres que conozco... una avariciosa –dijo, agarrándola de los brazos–. Pero tengo que advertirte, cielo, que no voy a dejar que te salgas con la tuya. Si quieres pelear una vez que nuestro matrimonio haya llegado a su fin, estoy preparado para ello. Tengo algunas cartas guardadas bajo la manga que harán que te lo pienses dos veces antes de ser despiadada conmigo.

–Te odio –dijo, mirándolo a los ojos.

–Eso está mejor –dijo él, soltándola–. Estaba comenzando a preocuparme de que te estuvieras apegando a mí.

–¡Como si yo fuese tan estúpida!

–No confundas la lujuria con el amor, Hayley. Podemos hacerlo cuando quieras, pero no trates de ver en ello nada más de lo que es.

–Te odio. No puedo ni soportar el pensar que me toques.

–Mentirosa.

–Es verdad –dijo ella, levantando la barbilla.

–Mientes tan mal... Desde que tenías dieciséis años me has estado suplicando que te echara un buen...

Hayley lo abofeteó antes de que él pudiera seguir hablando.

–¿Sabes una cosa? –dijo él fríamente–. No deberías haber hecho eso.

–Tú te lo has buscado –dijo ella, luchando contra el miedo que la estaba invadiendo.

–Yo podría decir lo mismo de ti –contestó él, tomando un mechón de su pelo y acercándola a él–. Y todavía lo estás suplicando, ¿no es así, Hayley? Lo has estado suplicando desde hace años. Quieres que te tumbe sobre la arena y que te demuestre lo despiadado que puedo llegar a ser. Vamos, admítelo. Me deseas. ¿Quieres que te lo demuestre?

–Aparta tus sucias manos de mí.

Pero Jasper la acercó aún más hacia sí. Sus bocas casi se estaban rozando.

–Hazme el amor –dijo él–. Vamos. Te reto.

Hayley no podía pensar con claridad. Quería apartarlo, pero aún más deseaba que él hiciera lo que había sugerido. Pudo sentir lo tensa que estaba la erección de él cuando presionó contra su estómago. Se besaron, no supo quién lo hizo primero, pero cuando ocurrió, sintió como si un terremoto le sacudiera el cuerpo.

Jasper acarició la lengua de ella con la suya tan apasionadamente que Hayley sintió cómo se le derretían las piernas. Entonces la tumbó sobre la arena, entrelazando las piernas de ambos.

Le bajó los tirantes del vestido para poder acariciar

la piel de sus pechos, incitando sus pezones de tal manera que se endurecieron inmediatamente de placer, momento en el cual bajó la cabeza para besarle el pezón derecho, jugueteando con él con su boca para chuparlo a continuación. También lo mordisqueó antes de comenzar a hacer lo mismo con el otro pezón, haciendo que ella perdiera completamente el control.

Hayley le quitó la camisa que él ya tenía desabrochada y le besó el cuello. Le chupó y le mordió la salada piel. Oyó cómo él gemía mientras le quitaba el vestido, apartándole las bragas a continuación para poder encontrar el corazón de su feminidad. Ella gimió, deleitada al sentir cómo la penetraba con los dedos, y le quitó los pantalones, pudiendo observar su excitación.

Entonces él la penetró con su sexo y ella lo agarró del trasero para que lo hiciera más profundamente. Se movía cada vez con más fuerza y pasión hasta que la llevó a un punto que no tenía marcha atrás, donde ella sintió cómo todo su cuerpo caía como por una cascada de placer.

Entonces él también se dejó llevar por los abismos del éxtasis, gimiendo de placer, y Hayley, acariciándole la espalda, pudo sentir cómo le temblaron los músculos.

Pero en cuanto él se apartó de ella, se sintió inmediatamente avergonzada.

–Será mejor que te vistas –dijo él con una expresión inquietante–. Alguien se acerca.

Capítulo 12

HORAS después, Hayley salió de la ducha, evitando la mirada de Jasper de forma significativa al entrar en la habitación principal.

—Hayley, tenemos que hablar.

—Si no te importa, preferiría no hacerlo —dijo, buscando su camisón en la maleta.

—Escúchame, Hayley —dijo él, acercándose a ella y tomándola por el brazo.

—No quiero hablar contigo —repitió—. No quiero tener nada que ver contigo. Eres un cerdo arrogante, eso es lo que eres.

—Por el amor de Dios, ¿puedes callarte y escucharme? —dijo, apretándole el brazo.

—Te has aprovechado de mí —lo acusó, luchando por controlar el temblor de su labio inferior.

—Yo no hice eso. Podrías haberme detenido en cualquier momento, pero no lo hiciste.

—¡Hiciste imposible que me pudiera resistir a ti! ¡Y te odio por ello!

—No es mi culpa si tú no tienes autocontrol.

—Eres tú el que no tiene autocontrol —respondió ella—. Ni siquiera utilizaste protección.

—Es sobre eso de lo que quiero hablar contigo. ¿Te estás tomando la píldora anticonceptiva?

—No te tengo que contar ese tipo de cosa tan personal —dijo ella—. Sólo vamos a estar juntos durante un mes. Si no quiero, ni siquiera te tengo que decir qué talla de pie calzo.

–Ya sé qué pie calzas. Te dejaste las sandalias en la playa y fui a por ellas.

–También me dejé la dignidad en la playa. ¿Encontraste eso también?

Jasper guardó silencio durante treinta segundos que parecieron treinta años.

–Lo siento –dijo por fin–. Seguramente te he hecho daño.

El enfado de Hayley se dulcificó ante el cambio de tono de voz de él. Sintió ganas de llorar.

–Está bien –murmuró, apartando la mirada–. No debí haberte abofeteado. Detesto la violencia y estoy muy avergonzada de mí misma.

–No, no deberías haberme abofeteado, pero seguramente que fui yo el que te incitó. Parece que tenemos un efecto muy extraño el uno en el otro, ¿no te parece? Un momento quiero agitarte hasta que te chasquen los dientes y al siguiente quiero hundirme en ti y explotar.

–Yo también me siento así –reconoció ella, sintiendo cómo el deseo se apoderaba de su sexo.

–Pero en eso radica nuestro problema –dijo él–. Como bien has dicho, no utilicé protección, lo que saca a colación un tema muy importante.

–Estoy en un periodo seguro... –dijo Hayley sin estar muy convencida.

–Nuestra situación se complicaría mucho si te quedaras embarazada.

–No estoy embarazada.

–¿Lo dices desde el punto de vista biológico o simplemente por un irracional presentimiento femenino?

–Lo que estoy diciendo es que no hay ninguna probabilidad de que me haya quedado embarazada en este momento.

—Pareces muy segura.

—Conozco mi cuerpo.

—No permitiré que ocurra de nuevo —dijo él.

—Quieres decir que no vas a... quiero decir... que no vamos a... —comenzó a decir ella, ruborizándose.

—¿A practicar sexo?

—Hum... sí.

—¿No habías dicho que no podías soportar el pensamiento de que yo te tocara? —dijo él—. ¿Significa eso que has cambiado de opinión?

—Sólo es durante un mes —dijo—. ¿Por qué no disfrutamos de esto mientras dura?

—¿Estás segura?

Hayley sonrió abiertamente, aunque por dentro sintió cómo su corazón se contraía dolorosamente.

—Soy una mujer moderna —aseguró—. Tener un compañero sexual es lo que se lleva en este momento. Y yo tengo suerte de tener uno tan experimentado.

—¿Así que estás contenta de practicar sexo sin compromiso? —preguntó, frunciendo el ceño.

—Desde luego. ¿Por qué no iba a estarlo? Después de todo, eso es lo que tú quieres, ¿no es así?

—No quiero que te lleves una idea equivocada sobre nada de esto —aclaró él—. No querría que te crearas esperanzas de tener un futuro conmigo porque simplemente no va a ocurrir.

—Ya conozco las reglas, Jasper. Esto es un contrato temporal. Además de que, una vez que termine, quizá vuelva con Myles —mintió.

—¿No estarás hablando en serio? —preguntó él, impresionado.

—¿Por qué no?

–Porque él no te ama. Por eso.

–Ni tú tampoco.

–Eso no tiene nada que ver con lo que estamos tratando. No puede ser verdad que estés pensando en atarte a un hombre que te ha utilizado de una manera tan despreciable.

–¿Sabes una cosa? Tu hermano Raymond dijo más o menos lo mismo sobre ti.

–Por lo menos he sido sincero contigo sobre mis intenciones –dijo Jasper, enfadado–. Cuando accediste a casarte conmigo sabías lo que había.

–Si recuerdas, no tuve mucha opción. Dejaste muy claro que si no accedía a tus planes iba a sufrir graves problemas económicos. Siempre había sabido que eras un hombre muy despiadado, pero esta vez has ido demasiado lejos.

–No te preocupes. Serás más que compensada por las molestias que te estoy causando –dijo él, dándose la vuelta para dirigirse al minibar y servirse un licor.

–Pero Duncan Brocklehurst dijo que no podía haber intercambio de dinero. Se supone que no me puedes pagar por ser tu esposa.

–Hay otros medios de compensación aparte del dinero –dijo, bebiéndose el licor de un trago.

–Supongo que por eso me compraste un anillo de compromiso tan caro y ostentoso, ¿verdad? Un pequeño premio de consolación por haber accedido a ser tu esposa temporalmente, igual que esta luna de miel, sin duda planeada para que me lo piense dos veces antes de pedirte la mitad de tus bienes cuando nos divorciemos.

–Ésa es la verdadera razón por la que seguiste adelante con todo esto, ¿verdad, Hayley? No fue por tu situación económica. La verdad es que te casaste conmigo para poder vengarte por lo que ocurrió cuando tenías dieciséis años.

Hayley se ruborizó al recordar aquello. Era cierto que ella había accedido a casarse por venganza, pero lo que no le podía reconocer era que había cambiado de opinión.

–Sé cómo funciona tu mente, Hayley –continuó él–. Eres como muchas otras mujeres con las que he tenido relaciones; en cuanto hueles a rechazo, buscas sangre.

–Eso no es verdad. No quiero nada de ti, o por lo menos no lo quiero para mí –se defendió ella.

–Supongo que no seré capaz de comprobar la veracidad de lo que dices hasta que nos divorciemos.

–Tendrás que esperar y verlo entonces, ¿verdad? Pero si me quedo con algo tuyo se lo daré a tu hijo, que seguro que se lo merece más que yo.

–¿Lo has conocido? –preguntó él tras un breve, pero tenso silencio.

–No.

–¿Conoces mucho a Miriam Moorebank?

–No mucho –admitió–. Iba unos cursos por delante de mí en el colegio, así que no éramos muy amigas. Sentí pena por ella tras... tras lo que ocurrió. Era una estudiante brillante que tuvo que renunciar a todo porque decidió tener su bebé.

–Fue elección suya.

–Ella podía haber hecho cualquier cosa que hubiese querido, Jasper –dijo Hayley, frunciendo el ceño–. Era una estudiante ejemplar. ¿Sabes lo que hace ahora?

Jasper no respondió, pero la expresión que esbozó dejó claro que no estaba interesado.

–Limpia en un motel barato de las afueras –lo informó fríamente–. Por el amor de Dios, ella podía haber estudiado Medicina o Derecho, pero se gana la vida limpiando habitaciones de motel. ¿No te sientes siquiera un poco culpable de ello?

–No, no me siento culpable –contestó él, mirándola fijamente a los ojos.

–¿Con qué frecuencia ves a tu hijo? –preguntó, enfurecida.

–Veo a Daniel cuando él quiere verme.

–¿Cada cuánto es eso?

–Depende.

–¿De qué?

–De cuando él quiere verme.

–¿Surge de ti la iniciativa de verlo alguna vez? –preguntó ella.

–Si él quiere contactar conmigo, sabe cómo hacerlo.

–Así que le dejas a él la iniciativa, ¿no es así?

–Tiene quince años –dijo Jasper–. Si quiere tener relación conmigo, es decisión suya. No puedo forzarlo.

–¡Es sangre de tu sangre! La etapa de quinceañero es la más difícil de todas, sobre todo para los chicos. Te necesita más que nunca.

–Hayley, te dije que te mantuvieras apartada de mi vida personal. La relación que yo tenga con Daniel no es asunto tuyo.

–Soy tu esposa, ¡por el amor de Dios!

–No por mucho tiempo –le recordó él, esbozando una torcida sonrisa que implicaba crueldad.

–Lo estás contando, ¿no es así? Todos los días, a cada minuto estás contando.

–¿Y tú no lo estás haciendo?

–Estoy contando los días hasta poder librarme de tu presencia... para siempre –dijo, enfurecida.

–Pues parece que hasta el momento te has divertido –dijo él, acercándose y levantándole la barbilla con un dedo–. ¿Quién sabe? Quizá hasta me eches de menos cuando todo acabe.

–Estoy segura de que no.

–Entonces tendré que asegurarme de que cada minuto de nuestro matrimonio sea memorable. ¿Qué te parece, nena? –dijo antes de acercarse a besarla y a acariciarle apasionadamente todo el cuerpo...

Capítulo 13

CUANDO Hayley se despertó, sintió el sol dándole en la cara y el peso del cuerpo de Jasper sobre su espalda.

La forma en la que él le había hecho el amor la noche anterior había sido impresionantemente satisfactoria. No había pensado que pudiera ser capaz de alcanzar tal nivel de placer y de salvaje abandono...

–¿Estás despierta? –preguntó él, besándole el cuello.

–¿Se supone que es ésa tu idea de estimulación erótica? –preguntó ella, mirándolo por encima del hombro.

Jasper hizo que ella se tumbara de espaldas y, tras ponerse un preservativo, la penetró sin preámbulos. Le brillaban los ojos de diversión.

–Durante la última hora he podido sentir cómo te movías y te restregabas contra mí –dijo él–. ¿Todavía no has tenido suficiente?

Mientras miraba en los ardientes ojos de él, Hayley pensó que *nunca* tendría suficiente.

–¿Y no has tenido tú suficiente? –preguntó, dándole la vuelta a la pregunta de Jasper.

–Todavía no –contestó él–. Todavía estoy descubriendo cosas sobre ti.

–¿Qué cosas?

–No tenía ni idea de que hablaras mientras duermes –dijo, mirándola a los ojos.

–¿De qué he hablado? –preguntó, temerosa de haber revelado sus verdaderos sentimientos.

–No estoy seguro de que deba decírtelo. Quizá te avergüences.

–Seguramente estaba teniendo una pesadilla o algo parecido –dijo ella, ruborizada.

Jasper no dio más detalles; en vez de eso aceleró el ritmo con que le estaba haciendo el amor hasta que la llevó al paraíso de los sentidos, dejándola sin aliento. Entonces él también se dejó llevar, dándole un beso en la punta de la nariz una vez se hubo calmado.

–¿Te apetece ir de picnic? –preguntó él.

–¿Adónde?

–A una playa privada. He ordenado que prepararan comida e iré a buscarla mientras te duchas.

Minutos después, mientras el agua le caía por todo el cuerpo y se enjabonaba, Hayley sintió cómo la feminidad se había despertado en su cuerpo; se sentía como un instrumento musical que sólo las manos de él podían tocar con exquisita armonía.

Se vistió con un biquini, sobre el cual se puso un sarong, y cuando él llegó bajaron a una de las playas privadas donde pasaron una tarde maravillosa bebiendo vino y comiendo. Al anochecer, se quedaron allí sentados mirando al horizonte mientras bebían champán.

–Me gustaría poder quedarme aquí para siempre –dijo Hayley, suspirando.

–¿Conmigo? –preguntó él, esbozando una sexy sonrisa.

–Supongo que habrá gente peor que tú con la que quedarse perdido en una isla tropical.

–Debo de haber subido puestos en esa lista que tienes. ¿No era yo la última persona sobre la faz de la tierra con la que querrías estar o algo así?

Hayley le salpicó con agua, pero él la agarró e hizo que se sentara sobre él. Ella contuvo la respiración al sentir el calor que desprendía su erección y se acaloró inmediatamente.

–¿Sabes una cosa, Hayley? –dijo él, mirándola a los ojos.

–¿Qué?

–Creo que hace mucho que no hacemos el amor –dijo, restregando su boca en la de ella–. Por lo menos hace tres horas.

–Tienes razón. ¿Qué sugieres que hagamos al respecto?

–Estaba pensando en algo como esto –dijo, comenzando a besarla...

Los siguientes seis días pasaron rápidamente. Fueron días felices y satisfactorios. Hayley se deleitó con el lujo de la isla y al estar en brazos de Jasper, pero se preguntaba cómo iba a ser capaz de vivir sin aquella excitación tan increíble cuando todo aquello finalizara.

Le sorprendió cuánto le gustaba la compañía de él, que parecía mucho más relajado con ella.

Pero para su consternación, nada más llegar a Cairns para tomar el vuelo que los llevaría a Sidney, notó un cambio en él al leer éste sus mensajes de texto en el teléfono móvil.

–¿Está todo bien? –preguntó ella.

–¿Qué? –preguntó él, irritado. La miró como si nunca la hubiese visto antes.

–No hay necesidad de ser tan grosero.

–Lo siento, cariño. Tengo algunos negocios imprevistos de los que ocuparme cuando regrese.

–¿Quieres hablarme de ello? –preguntó, tomándolo del brazo–. Quizá te pueda ayudar.

–Gracias, pero no –dijo él, retirando su brazo–. Me las puedo arreglar solo. Tú tienes tu propio negocio que sacar adelante sin tener que involucrarte en el mío.

Hayley sintió cómo la decepción se apoderaba de ella. Él ya había comenzado a apartarla de su vida.

Durante el viaje de regreso a Sidney, Jasper estuvo callado, apenas le habló, y su cara reflejaba una seria expresión, como si algo le atormentara por dentro.

Su humor no mejoró cuando llegaron a la casa. Incluso se enfureció con ella cuando ésta le preguntó qué quería para cenar.

–Por el amor de Dios, Hayley, deja de fingir ser la esposa amorosa. Me estás volviendo loco al ser tan agradable.

–Bueno, quizá quieras finalizar todo esto ahora –dijo ella–. ¿Por qué alargar esto tres semanas más cuando es obvio que te pongo enfermo?

–Voy a salir –informó lacónicamente, agarrando sus llaves.

–¿Adónde vas?

–A ver a alguien. No me esperes despierta.

–Seguramente ni siquiera esté aquí cuando vuelvas –dijo, desesperada por ser capaz de aguantar las lágrimas.

–Eso depende de ti, desde luego –dijo él, que sin decir nada más se marchó.

Hayley pensó en marcharse en aquel mismo momento, pero estaba cansada y hambrienta. En vez de ello, deshizo la maleta antes de ducharse y comer algo.

Estuvo viendo la televisión hasta que los ojos comenzaron a cerrársele. Cuando vio que eran casi las tres de la madrugada y Jasper no había regresado, le dio un vuelco el estómago. Se preguntó si había sido una de sus ex amantes quien le había mandado el mensaje a su teléfono móvil para acordar una cita. Se puso enferma sólo de pensar que él estuviera con otra.

Se fue a la cama muy desanimada, decidiendo dormir en la habitación de invitados para darle un claro mensaje a Jasper de lo que pensaba de su actitud. Pero él no regresó en toda la noche...

Cuando a la mañana siguiente bajó a la planta de abajo, se encontró a una mujer filipina de mediana edad en la cocina.

–Me llamo Rosario –dijo la mujer, entusiasmada–. Usted su esposa, ¡ah, tan guapa! Usted contenta, ¿eh? Él es muy bueno en la cama, ¿sí?

–Hum... em... –titubeó Hayley, tratando de no ruborizarse.

–¿Le gustaría desayunar? Yo hago buen desayuno para usted. Siéntese. ¿Le gustaría taza de té?

Hayley se sentó mientras Rosario hablaba sin parar. Pero no le importó.

–El jefe muy bueno –dijo el ama de llaves mientras limpiaba los restos del desayuno un poco después–. Me paga buen dinero. Él muy amable.

–Sí.

–Él necesita esposa ahora. Es momento de asentar la cabeza y tener un montón de hijos, ¿eh?

Hayley sonrió levemente sin responder.

–Usted una chica agradable –dijo Rosario–. Me doy cuenta de ello. No lo ama por su dinero, no como las otras. Él trabajo muy duro. Siempre le digo que debe relajarse, pero él no oye a mí. Pero usted será bueno para él. Lo ama mucho, ¿eh? Esto será un matrimonio bueno. Lo sé.

Hayley sintió cómo se le retorcía el corazón de dolor. Se dio cuenta de que probablemente había estado enamorada de Jasper desde que había tenido dieciséis años...

Lucy saludó cariñosamente a Hayley cuando ésta entró en el salón de belleza un poco más tarde.

–¿Cómo ha ido la fingida luna de miel? –le preguntó.

–Ha estado... bien...

–No lo has hecho con él, ¿verdad? –preguntó Lucy.

–¿Hacer qué?

–Ya sabes el qué. Acostarte con él. Practicar sexo. Ensuciarte con él.

–¿Y qué pasa si lo hice?

–Sabía que no ibas a ser capaz de controlarte. Dios, Hayley, ¿estás loca? No es un matrimonio de verdad. Él va a seguir adelante con su vida en cuanto le sea posible.

–Pensaba que él había comenzado a gustarte; dijiste que suponía un gran avance con respecto a Myles.

–Me gusta, ¿a qué mujer no le gustaría? Es encantador e irradia sexo, pero eso no significa que tuvieras que haber llevado las cosas tan lejos.

–Lo sé, pero no me pude resistir –reconoció Hayley, suspirando.

–No me digas que te has enamorado de él. Eso sería la cosa más estúpida que hubieras hecho.

Hayley no respondió.

–*Dispara*, Hayley –dijo Lucy–. Lo has hecho, ¿verdad?

–Sé que es una locura estúpida y todo eso, pero lo amo desde hace años.

–¿Entonces por qué estabas planeando casarte con Myles si al que amabas era a Jasper?

–Eso fue otra locura estúpida que hice. Tenías razón cuando dijiste que yo estaba buscando seguridad. Creo que sabía que nunca podría tener a Jasper, así que me conformé con otra cosa.

–Pero ahora tienes a Jasper, aunque temporalmente –comentó Lucy.

–Sí.

–¿Qué vas a hacer?

–No lo sé... aguantarme, rezar para que ocurra un milagro y esperar a que él se enamore de mí.

–Pero... ¿y si no lo hace? –preguntó Lucy, preocupada–. Él no es de los que se casan, Hayley.

–Estaré bien.

–Te estás tomando la píldora, ¿verdad? –preguntó Lucy.

–Hum... sí...

–Y habéis estado utilizando preservativos, ¿verdad?

–Casi siempre.

–¿Qué quieres decir con eso de «casi siempre»? Por el amor de Dios, Hayley, Jasper Caulfield es un casanova.

–Sé lo que estoy haciendo –aseguró Hayley–. Si... me hubiese quedado embarazada, tendré que afrontarlo sola. Lo sé. Siempre lo he sabido.

Lucy le dio a su amiga un gran abrazo.

–Simplemente ten cuidado, Hayley. No quiero ver cómo te destrozan el corazón.

Capítulo 14

CUANDO Jasper regresó a la casa aquella tarde, Hayley estaba esperándolo en el salón.

—¿Adónde fuiste anoche? —preguntó ella.

—Ya te dije que tenía algunos asuntos de negocios que resolver —dijo, sirviéndose una bebida.

—¿*Durante toda la noche*? —preguntó, irritada.

—Sí.

—Eres un malnacido mentiroso —espetó ella—. ¿Con quién estuviste?

—No tengo que discutir mis asuntos privados contigo.

—«Asunto» es el término exacto, ¿no es así, Jasper? Simplemente no te puedes controlar, ¿verdad? Sólo una mujer nunca es suficiente para ti.

—Hayley, te estás comportando como una esposa celosa. Ya te advertí que no te creyeras mucho el papel.

—No te preocupes. Sé que sólo tenemos veintitrés días. Pero déjame que te diga algo; si crees que puedes estar fuera toda la noche, lo mismo puedo hacer yo y, al igual que tú, no te diré adónde he ido o con quién he estado.

—No harás eso —dijo él, esbozando una mueca.

—Simplemente obsérvame, cielo —dijo ella, marchándose de la sala.

Hayley no había pretendido en realidad salir, pero como él la ignoró, tomó su bolso y se marchó. No sa-

bía adónde ir y al pasar por el hotel donde Myles y ella
habían acostumbrado a parar a tomar algo en el bar,
metió el coche en el aparcamiento y entró.

Fue al bar y se sentó allí. Cuando iba por su se-
gunda bebida, alguien la llamó.

–¡Hayley!

–Myles –dijo ella, quejándose interiormente.

–¿Qué haces aquí sola? –preguntó él, sentándose
frente a ella–. ¿Dónde está tu marido?

–Hum... llegará en poco tiempo –mintió.

–Hayley, me siento muy mal por lo que pasó –dijo,
tomándole la mano.

–Está bien, Myles –dijo ella, tratando de apartar su
mano.

–No –dijo él, agarrándole la mano con más fuerza–.
Te amo, Hayley. Te hice daño de una manera detesta-
ble. He estado pensando en ello una y otra vez y quiero
que sepas que si las cosas no marchan bien con Jasper
Caulfield, yo estaré aquí para ti. Nos podemos escapar
juntos y tener un bebé como habíamos planeado. Podemos vivir de por vida con el dinero que puedes conseguir del divorcio.

–Myles, *por favor*...

Entonces la sombra de alguien alto se cernió sobre
ella.

–¡Qué conmovedor!

Hayley retiró su mano de la de Myles y se levantó
de manera insegura.

–Jasper... yo... yo... –comenzó a decir.

–Si nos perdona, Lederman –le dijo Jasper a Myles,
esbozando una desdeñosa sonrisa–. Mi esposa y yo tenemos que atender algunos asuntos muy importantes.
Espero que lo entienda.

–Sí... sí, claro –dijo Myles, ruborizado.

Hayley sintió cómo Jasper la agarraba de la muñeca con fuerza para sacarla del hotel casi a rastras. En la puerta, le dio dinero al mozo y le dijo adónde tenían que llevar el coche de Hayley.

—Entra —le ordenó cuando llegaron a su coche.

Hayley entró al coche y él cerró la puerta, dando un portazo.

—Jasper, yo... —comenzó a decir ella una vez él se hubo montado.

—Déjalo —la interrumpió—. No quiero oír ninguna de tus descaradas mentiras.

—Pero no comprendes...

—Comprendo lo que pretendes hacer, Hayley. Lo he sospechado desde el principio. Podías haber buscado otros medios económicos para no tener que casarte conmigo a pesar de mis amenazas, pero no lo hiciste porque querías vengarte...

—Eso no es verdad —dijo ella—. Al principio sí que me quise vengar, pero ahora no.

—Supongo que ahora vas a decir que te has enamorado de mí para así clavar el puñal más profundamente, ¿verdad? —acusó—. Pero no pierdas el tiempo. Quizá seas buena en la cama, pero eso es todo lo que vas a obtener de mí... y sólo durante unos pocos días más.

El enfado se apoderó de ella, que recuperó su orgullo.

—No quiero nada de ti —dijo—. Eres un malnacido frío y sin sentimientos y espero que te pudras en el infierno.

Durante el resto del trayecto, Jasper no dijo nada, pero su expresión dejaba claro la furia que sentía. Hayley sintió cómo el miedo se apoderaba de su estómago.

Una vez en la casa, fue a dirigirse a la planta de arriba, pero él la agarró por el brazo.

–No tan deprisa, muñeca. Todavía no he terminado contigo.

–Yo no tengo nada más que hablar –dijo ella, tirando de su brazo.

–No estaba pensando en tener una conversación –dijo, acercándola a su cuerpo. El deseo sexual le brillaba en los ojos–. ¿Qué te parece, nena? ¿Quieres sacar el mayor partido a este matrimonio mientras dura?

Hayley quiso evitar mirar la sensual boca de él y lo miró a los ojos. Pero eso fue un error incluso peor. Sintió un magnetismo y una atracción muy fuertes, imposibles de resistir, cuando él comenzó a besarla. Fue un beso apasionado, fuera de control, donde se mezclaron la lujuria, el enfado, la frustración y el deseo desesperado. Jasper le acarició los labios con su lengua como en una misión destructora, provocando que ella se derritiese.

Le bajó los tirantes del vestido y pudo ver los endurecidos pezones de ella. Comenzó a acariciarle los pechos para a continuación comenzar a mordisquearlos y chuparlos con fuerza. Ella gimió ante la abrasión que suponía sentir la lengua de él sobre sus pezones.

Entonces él le dio la vuelta y le levantó el vestido hasta la cintura, le apartó las bragas a un lado y se desabrochó la bragueta, sonido que provocó que a Hayley se le acelerara el corazón.

–Oh, *sí*... –jadeó ella al penetrarla él.

El ritmo que empleó él hizo que los dos se perdieran en los abismos del placer. Entonces se apartó de ella y le dio la vuelta, besándola con fuerza en la boca.

–¿Jasper? –dijo Hayley una vez dejó de besarla.

Él se dio la vuelta y se subió la bragueta, dirigiéndose al otro lado de la sala. Hayley no estaba segura, pero sospechaba que él estaba tan afectado por la manera tan intensa con que se habían amado como ella.

–Sé que probablemente no me creerás, Jasper, pero no había planeado verme con Myles.

–Tienes razón; no te creo –dijo él con el cinismo reflejado en la cara.

–Te lo digo en serio, Jasper. No te engañaría de esa manera. No siento nada por Myles; de hecho, me pregunto cómo pude una vez hacerlo.

–No me interesa nada de eso, Hayley –dijo él, sacando su teléfono móvil del bolsillo al oír que recibía un mensaje. Frunció el ceño al leerlo.

–Supongo que es otra de tus amantes que te está buscando, ¿no es así? –no pudo evitar preguntar–. Eres tan hipócrita, arrastrándome de nuevo aquí, actuando como un marido celoso sólo porque yo me he encontrado con mi ex novio, cuando tú vas de cama en cama. Pero claro, yo sólo soy tu esposa temporalmente. ¿Por qué debería importarme si te vas con ella?

–Eso es, Hayley –dijo él, mirándola con dureza–. ¿Por qué debería importarte?

Durante las siguientes dos semanas, Hayley se percató de que Jasper estaba haciendo todo lo que podía para evitarla. Volvió a llevar sus cosas a una de las habitaciones de invitados y le dijo a Rosario que era porque estaba resfriada y no quería contagiar a su marido. Y en parte era verdad. No se encontraba bien, no tenía mucho apetito y se le revolvía el estómago con ciertos aromas, sobre todo con el café.

–Marchando un café –dijo Lucy al llegar al salón de belleza con una bandeja de café.

Le ofreció uno a Hayley, que se llevó la mano a la boca y salió corriendo hacia el cuarto de baño para vomitar. Una vez terminó, su amiga le acercó una toalla.

–Estoy pensando que en vez de café quizá debería haberte comprado una prueba de embarazo –comentó irónicamente Lucy.

A Hayley se le erizó la piel al hacer cuentas. Llevaba diez días de retraso, lo que no era muy raro en ella, que nunca había sido muy regular. Pero notaba los pechos sensibles. Había estado tratando de apartar la idea de que pudiera estar embarazada de su cabeza durante días. Embarazada de un niño que Jasper sólo vería como un error. Como el primer hijo que tuvo.

–Quizá sea un virus estomacal.

–Sí, he visto ese tipo de virus antes. Dura más o menos nueve meses y crece hasta ser como una pequeña pelota de fútbol –dijo Lucy con sequedad.

–Sería mi mala suerte. Nos separamos en una semana –dijo Hayley, lavándose la cara.

–¿Así que él sigue queriendo ponerle fin al matrimonio? –preguntó Lucy.

–Sí. Ya se está distanciando de mí. Puedo sentirlo –informó Hayley, suspirando.

–No te diré que ya te lo dije.

–Gracias.

–Pero sí que te diré que te tomes el resto del día libre. Me han anulado una cita, así que puedo encargarme de la señora Pritchard y el resto de las citas están muy espaciadas.

–¿Te importaría?

–Claro que no –dijo Lucy, sonriendo–. Ve a hacerte una prueba de embarazo y piensa en lo que vas a hacer.

–Ya sé lo que voy a hacer –dijo Hayley mientras tomaba sus cosas.

–¿No estarás pensando en no decírselo? –preguntó Lucy, mirándola penetrantemente.

–No se lo puedo decir.

–Se lo *tienes* que decir.

–No, Lucy. No puedo. ¿Te das cuenta de lo enfadado que se pondría? Ha tenido que tratar con el tema de un hijo que no deseaba desde que tenía dieciocho años. No se lo podría decir. Quizá me obligara a abortar o algo así.

–Nadie te puede obligar a abortar a no ser que tú pienses que es lo mejor para ti.

–No sería lo mejor para mí, pero decirle a Jasper que va a ser padre tampoco es lo mejor. Pensará que lo hice adrede para atraparlo y que siguiera casado conmigo.

–¿Y no fue así?

–No deliberadamente, pero creo que quizá dejé que pasaran cosas que no debería haber dejado que pasaran –confesó–. Debería haber tenido más cuidado.

–A mí me parece que incluso una monja lo habría tenido difícil para resistirse a Jasper Caulfield.

–¡A mí me lo vas a decir! –dijo Hayley.

Hayley miró los resultados de la prueba de embarazo con una combinación de alegría y pavor. Se puso una mano sobre el estómago y se estremeció al pensar que llevaba dentro de ella al hijo de Jasper. Pero cuando pensó en la reacción que tendría él ante ello, sintió cómo el pánico le recorría el cuerpo.

Oyó cómo él llegaba a la casa y escondió rápidamente la prueba de embarazo en el fondo de la papelera del cuarto de baño, prometiéndose a sí misma que más tarde la sacaría fuera.

–Hayley, me gustaría hablar contigo –dijo él en la puerta de la habitación de invitados.

–¿Sí? –dijo ella, abriendo la puerta. Estaba pálida y despeinada.

–¿Estás bien? –preguntó él.

–Desde luego... simplemente estoy un poco cansada, eso es todo.

–Bueno, supongo que más o menos eso responde a mi pregunta sin siquiera preguntar.

–¿Qué querías preguntarme?

–Me estaba preguntando si querrías cenar conmigo –dijo él.

–¿Ya no tienes más mujeres con las que citarte? –preguntó ella.

–Esta noche tengo una cena de negocios y pensé que te gustaría acompañarme.

–Así que la única razón por la que me estás invitando es porque necesitas que juegue el papel de esposa recién casada.

–Ésa es una de las razones, sí, pero también hay otra.

–¿Cuál?

–Me he dado cuenta de que últimamente he estado muy poco comunicativo. No es justo que lo haya pagado contigo. Lo siento, pero he tenido muchas cosas en la cabeza –respondió él.

–¿Quieres hablar sobre ello? –preguntó Hayley, sintiendo que todas sus defensas se derretían.

–¿Cuándo podrías estar preparada? –quiso saber él, acariciándole la mejilla.

–Tengo que ducharme y maquillarme.

–Te daré quince minutos.

La cena se celebró en un restaurante con vistas sobre la playa Bondi. Hayley estaba sentada al lado de Jasper y cerca de un constructor con el que Jasper tenía negocios.

–Tengo que decir que estuve sorprendido, pero encantado, al conocer tu matrimonio con Jasper –dijo Dave Braithwaite–. Llevaba años diciéndole que necesitaba formar una familia.

–¿Tú estás casado? –preguntó Hayley.

–Sí, llevo casado diez años. Mi mujer, Anna, estaría aquí esta noche, pero está embarazada de nuestro tercer hijo. La pobre tiene mareos y náuseas durante todo el día.

–Espero que pronto se sienta mejor –dijo ella, estremeciéndose al acariciarle Jasper el pelo.

–¿Y tú qué, muchacho? –Dave se dirigió a Jasper–. ¿No crees que Hayley sería una mamá preciosa? No lo dejéis para dentro de mucho. Tened vuestros hijos mientras seáis jóvenes.

–Sólo llevamos casados tres semanas. Danos tiempo –contestó Hayley al sentir la tensión de Jasper.

–Mi hija mayor, Julie, fue concebida en nuestra luna de miel. Y no nos hemos arrepentido nunca. Es un ángel, así como mi otro hijo, Ben. Los niños te hacen sentirte completo; no hay nada más grande que ver nacer a tus hijos. Yo no había llorado desde que era un niño, pero berreé como un idiota cuando ellos llegaron al mundo.

La persona que estaba al otro lado de Jasper captó la atención de éste y Hayley sintió cómo se aliviaba. Ella estuvo hablando un rato más con Dave sobre sus hijos antes de excusarse educadamente cuando vio al camarero aparecer con el café.

Jasper la encontró en la terraza del restaurante poco tiempo después.

–¿Estás bien? –preguntó.

–Sí, claro –contestó ella, forzándose a sonreír–. Simplemente necesitaba un poco de aire fresco.

–Siento lo de Dave –dijo él–. A veces es un poco pesado.

–A mí me ha parecido agradable.

–Hayley... –comenzó a decir él, mirándola intensamente.

–¿Sí?

–Siento tener que hacerte esto, pero tengo que verme con alguien esta noche; es muy importante.

–Ya veo –dijo ella, tragando saliva para tratar de disipar la decepción que sintió.

–No sé cuándo regresaré. Me acaban de telefonear.

–¿Era una mujer? –no pudo evitar preguntar.

–No es lo que tú piensas, Hayley –dijo él, apartando la mirada.

–No me cuentes los detalles sórdidos.

–Vamos, te llevaré a casa –dijo él, tomándola por el brazo.

Hayley apartó su brazo y lo miró con los ojos brillantes.

–Por favor, no te desvíes de tu camino. Odiaría que por mi culpa te retrasaras. Tomaré un taxi.

Capítulo 15

UNA HORA después, cuando Hayley estaba pensando en irse a la cama, oyó por el interfono que alguien quería entrar en la casa. Entonces respondió, preguntando quién era.

–Soy Daniel –dijo una voz de hombre joven.

Hayley abrió la puerta y vio a un larguirucho quinceañero acercándose a la casa. Cuando éste se hubo acercado aún más, pudo ver el moratón que tenía sobre el ojo derecho y su labio partido.

–¡Oh, Dios mío! –exclamó–. ¿Qué demonios te ha ocurrido?

–Estoy bien –respondió el muchacho, apartando la mirada–. Parece mucho más de lo que es.

Ella lo hizo pasar y cerró la puerta.

–Yo soy Hayley –se presentó–. Tú debes de ser el hijo de Jasper, Daniel Moorebank.

–¿Está él en casa?

–No, lo siento –dijo ella–. Tenía algunos... em... asuntos de negocios.

–¿Sabes cuándo volverá?

–No estoy segura, Daniel. No me dijo ninguna hora –dijo ella, sintiéndose un poco tonta por no ser capaz de darle una respuesta certera–. ¿Pero por qué no te quedas y me dejas que te ponga un poco de hielo sobre ese ojo? Parece que lo tienes muy mal...

–No quiero ser un problema...

Hayley separó una silla para él.

–Siéntate en esta silla mientras yo voy a por una bolsa de cubitos de hielo. Estoy segura de que tu padre tiene alguna en el congelador. Creo que el otro día la vi.

Cuando regresó, traía una bolsa de hielo envuelta en una toalla de manos.

–Sujétalo sobre tu ojo durante un rato para que se baje la inflamación –dijo–. ¿Te gustaría tomar un zumo de naranja o algo así?

–Ni siquiera debería estar aquí –dijo él, esbozando una mueca y ruborizándose.

–Desde luego que puedes venir aquí cuando quieras. Tienes todo el derecho de ver a tu padre.

–Yo no lo veo como un padre... Para mí, él siempre ha sido simplemente Jasper.

–¿No le llamas papá? –preguntó ella, frunciendo el ceño.

–No sería apropiado. No tenemos esa clase de relación.

Hayley sintió cómo se enfurecía al ver la manera en que Jasper había tratado a su hijo.

–¿Sabe tu madre dónde estás? –preguntó, rompiendo el silencio que se había creado.

–Le he dicho que iba a casa de un amigo.

–¿Te gustaría quedarte a pasar la noche? –preguntó Hayley en un impulso.

–¿No habría problema si lo hiciera? –preguntó el muchacho, esperanzado.

–Desde luego que no habría ningún problema –le aseguró ella–. ¿No te has quedado nunca antes a dormir?

–Nadie me ha animado a hacerlo –dijo él, negando con la cabeza.

Hayley se enfureció aún más al oír aquello.

–¿Has cenado? –preguntó.

–No.

–¿Te gustaría tomar una tortilla, una tostada o algo? No me llevará más de un minuto prepararlo.

–Si estás segura de que no es mucho problema –dijo Daniel, mirándola agradecido.

–No me causa ningún problema. Me encanta cocinar, como también me encanta comer, lo que es un inconveniente –dijo, dirigiéndose a la cocina con el muchacho.

–No creo que tengas que preocuparte mucho. Jasper me dijo que tenías un tipo estupendo.

–¿Eso te dijo? –preguntó, sorprendida.

–Sí –dijo el muchacho–. Siento no haber podido asistir a tu boda. Quería, pero...

–Comprendo –dijo ella.

–Creo que es fantástico que por fin Jasper vaya a asentar cabeza –continuó diciendo Daniel–. Siempre me he sentido un poco culpable de que por mi culpa él no quisiera casarse.

–Estoy segura de que eso no es verdad –mintió ella.

–Creo que nadie debería verse forzado a hacer nada que no quiera. Hubiera sido un error... ya sabes... si él se hubiese casado con mi madre.

–¿Qué te hace decir eso? –preguntó ella mientras comenzaba a preparar la cena.

–Él no la ama. Nunca la ha amado.

–Pero él se preocupa por ti –dijo Hayley–. Y tú te preocupas por él, ¿verdad?

–Él es el mejor amigo que puedas tener. No creo que haya una persona por la que me preocupe más que por Jasper. Él es la persona por la que he aguantado tanto tiempo.

Hayley sintió que se había perdido algo. No sabía qué era lo que había tenido que aguantar él.

–Jasper y tú vivisteis juntos en Crickglades durante un par de años, ¿no es así? –preguntó Daniel.

–Sí. Me mudé allí cuando tenía catorce años y me marché tres años después cuando nuestros padres se divorciaron.

–Supongo que por eso no te había conocido antes... quiero decir en Crickglades.

–¿Veías mucho a tu abuelo Gerald?

–De vez en cuando –respondió el muchacho, un poco resentido–. No tanto como me hubiese gustado.

–¿Nadie hizo nada para que ocurriera? –se atrevió a aventurar ella.

–Sí, algo así –dijo Daniel, sonriendo tristemente.

–Bueno, pues aquí puedes venir cuando quieras, que serás muy bien recibido –dijo ella.

Daniel llevaba acostado por lo menos una hora cuando Hayley oyó a Jasper entrar. Estaba esperándolo, sentada en uno de los sofás de cuero.

–¡Oh, Dios mío! –exclamó, preocupada, al verlo entrar–. ¿Qué demonios te ha ocurrido?

Jasper tenía el labio inferior abierto, todavía sangrando.

–No es nada. Parece mucho más de lo que es.

–Hablas exactamente igual que tu hijo –dijo ella, acercándose a él.

–¿Ha estado él aquí? –preguntó Jasper, frunciendo el ceño.

–*Está* aquí –respondió ella–. Está en la planta de arriba, durmiendo, y parece que se hubiera chocado contra la misma puerta que tú.

–Sí, bueno, es una puerta muy pesada, pero creo que la he dejado fuera de servicio por un tiempo.

–¿Qué está ocurriendo? –preguntó ella, frunciendo el ceño–. Ambos aparecéis aquí como si hubieseis estado compitiendo en un torneo de boxeo.

–Mantente apartada de ello, Hayley. Esto no tiene nada que ver contigo.

–No, no me voy a mantener al margen. Dime qué demonios está pasando. Tengo derecho a saberlo. ¿Cómo no voy a estar preocupada cuando un muchacho de quince años viene a casa con un ojo morado y el labio partido?

–No es tu problema.

–¿Le has pegado *tú*? –preguntó, mirándolo de manera acusadora.

–¿Cómo puedes preguntarme eso? –dijo él, apartándose de ella, impresionado.

–Lo siento –dijo ella entre dientes–. Desde luego que no harías algo así.

–¿Qué clase de hombre crees que soy? Él es un niño, ¡por el amor de Dios! Ya tiene suficiente que aguantar en su vida como para que venga yo a pegarle.

Jasper se acercó al bar y se sirvió una copa, bebiéndosela de un trago. Le temblaban las manos.

–Lo siento –repitió ella–. Estaba preocupada, eso es todo. Él parece un buen chico. Me recuerda a ti.

–¿De verdad? ¿En qué manera? –preguntó él con clara ironía.

–Es reservado, no le gusta mostrar sus sentimientos.

–¿Y tú crees que yo soy así?

–Creo que no te sientes a gusto siendo vulnerable.

–Entonces también piensas que soy agradable, ¿no?

–Creo que te gusta que la gente piense que eres un

tipo duro, pero en el fondo tienes sentimientos, simplemente no te gusta mostrarlos –dijo ella.

–¿Y qué sentimientos muestras tú, nena? –preguntó él de manera levemente burlona.

–Tú quieres a Daniel; sé que es así.

–Jamás he dicho que no lo hiciera.

–Parece que su padrastro tiene otra opinión –dijo ella, recordando los comentarios de éste.

–Y tú crees lo que dice ese imbécil, ¿no es así?

Hayley ya no sabía qué creer; estaba muy confundida.

–Sólo puedo suponer por lo que me cuentan –dijo ella–. Y tú no me cuentas nada, así que... ¿qué otra cosa puedo creer?

–Te dije que te mantuvieras al margen de mis asuntos –dijo él–. Esto no tiene nada que ver contigo. Es un tema que nos atañe a Miriam, a Daniel y a mí.

–Eso no es verdad. Quizá yo sólo sea tu esposa temporalmente, pero me preocupo por ti. Y también me preocupo por Daniel.

–Acabas de conocerlo. ¿Cómo puede ser posible que sientas algo por él?

–Pues *sí* que me preocupo por él –insistió ella–. Y por ti también. Te amo. Ahí tienes, lo he dicho. Te amo. Creo que siempre ha sido así.

–Como siempre, estás diciendo tonterías. Estás tratando de conseguir seguridad, pero no seré yo quien te la dé. Ya conoces las reglas, Hayley. En cuanto podamos, nos divorciaremos.

–No quiero divorciarme.

Jasper se quedó petrificado ante aquellas palabras.

–Pero yo sí que quiero –dijo en un tono helador.

–Sé que no lo dices en serio –dijo ella con las lágrimas asomándose a sus ojos–. Me estás apartando de ti porque me he acercado demasiado. Te conozco, Jasper. Te *conozco*.

–Estás confundiendo la compatibilidad sexual con otra cosa.

–¿Así que admites que somos compatibles? –preguntó.

–No puedo negarlo. Como dije el otro día, eres estupenda en la cama, cielo, pero sobre un futuro juntos... olvídalo.

–No me puedo creer que estés arrojando por la borda esta oportunidad de vivir juntos. Podríamos ser tan felices, Jasper... Sé que podríamos.

–¿Durante cuánto tiempo?

–Para siempre.

–Has estado viendo demasiadas películas románticas. No funciona en la vida real. Tú quieres hijos y yo no.

–¿Por qué no? –preguntó ella–. Por lo que he visto, te podrías sentir orgulloso de Daniel. Él habla muy bien de ti. Se ha referido a ti como su mejor amigo. ¿Cómo puede ser que no quieras experimentar algo así de nuevo, con una hija u otro hijo?

–Porque he visto lo que ocurre con los hijos cuando los padres se divorcian –dijo con amargura–. Durante años he estado despierto por las noches preguntándome si estaba haciendo lo correcto con Daniel. No quiero tener eso en mi conciencia nunca más.

Hayley pudo sentir el dolor de él impregnando el aire. Se había equivocado al juzgarlo; en realidad Jasper se preocupaba mucho por su hijo.

–Pero sí que hiciste lo correcto con Daniel –dijo ella suavemente–. No me había dado cuenta antes, pero has estado ahí para él durante todo este tiempo.

–Pero no como él necesitaba –dijo Jasper, sirviéndose otra bebida–. No he sido capaz de protegerlo.

—¿Qué quieres decir? —preguntó ella, acercándose y quitándole el vaso de las manos.

—Su padrastro se porta de una manera horrible con él.

—¿Quieres decir que él es... —Hayley se sintió enferma— violento con él?

—Seguramente vaya a tener una denuncia por agresión después de esta noche, pero habrá merecido la pena.

—¿Te has peleado con el esposo de Miriam?

—Yo no di el primer puñetazo, pero la verdad es que estaba deseando hacerlo.

—¿La llamada telefónica que recibiste en el restaurante era sobre esto?

—Miriam me telefoneó para decirme que Daniel se había escapado —explicó él—. Ha estado callada por miedo a que pegara aún más a Daniel si lo denunciaba.

—¿Por qué no me has contado nada de esto antes? —preguntó ella, impresionada.

—Ya te he dicho que no es asunto tuyo. Es mi problema... y yo tengo que arreglarlo.

—No puedes seguir apartando a la gente de tu vida, Jasper. ¿Desde hace cuánto que el padrastro de Daniel le pega?

—Yo me he enterado hace poco —dijo Jasper—. Daniel también estaba tratando de mantenerlo oculto. Supongo que él pensaba que sería capaz de resolver solo la situación.

—Pero él es sólo un niño —dijo ella, frunciendo el ceño—. No debería tener que soportar algo así.

—Sólo me lo dijo cuando Martin lo amenazó.

—¿Lo amenazó? —preguntó ella, impresionada—. ¿Con qué?

Jasper se reprendió mentalmente por haber sido tan estúpido al revelar tanto...

–Lo sobornó para que le diera dinero, esa clase de amenazas –dijo, acercándose a la verdad tanto como le era posible.

–Siento haberte juzgado mal, Jasper. Me he pasado la mayor parte de mi vida adulta criticándote, así que no te culpo por no confiar en mí. Pero te amo. Incluso me pregunto si Gerald sospechó mis sentimientos la última vez que fui a visitarlo y que por eso cambió su testamento en el último minuto. Creo que quería que me casara contigo. Quería que te enseñara a amar y a confiar de nuevo en la gente.

Jasper la agarró de los hombros y la abrazó, hundiendo la cara en su pelo.

–Desearía poder darte lo que necesitas, Hayley –dijo–. Pero no puedo correr el riesgo de arruinar más vidas.

–¿Sientes algo por mí? –preguntó ella, apartándose levemente para poder mirarlo a los ojos.

–Siento muchas cosas por ti, nena.

–¿Y me vas a decir cuáles?

Jasper miró a los preciosos ojos de Hayley y se preguntó si debía decirle la verdad sobre Miriam Moorebank. Pero cuanta menos gente supiera la verdad, mejor.

–Te mereces algo mejor que esto, cielo –dijo, dándole un beso en la frente.

–Pero yo sólo te quiero a ti –insistió ella–. No me importa durante cuánto tiempo. Simplemente déjame amarte. Por favor.

Jasper suspiró al acurrucarse ella en él. La deseaba con todas sus fuerzas...

–Por favor, Jasper –susurró ella, acercando su boca a la de él.

Jasper la tomó en brazos y la llevó a su habitación. La tumbó en la cama y la miró con deseo mientras se desnudaba. Se le aceleró el corazón al comenzar ella a hacer lo mismo...

No hubo tiempo para actos preliminares, la penetró con urgencia y le hizo el amor de una manera tan apasionada que la llevó a la cima de la pasión muy rápidamente. Hayley gritó de placer mientras todo su cuerpo se convulsionaba...

—Shh, cielo —dijo él, tapándole la boca con la mano—. Vas a despertar al vecindario, por no hablar de Daniel, que está en el mismo pasillo.

—No puedo evitarlo. Me haces sentir tan... tan... fuera de control.

—Tú a mí también, nena —dijo él, emitiendo un profundo gemido al verse invadido por olas de éxtasis por todo el cuerpo.

—Te amo —dijo ella, acariciándole la espalda—. Te amo.

Jasper no contestó, pero a ella le consoló oír cómo se quedaba dormido abrazándola.

Capítulo 16

CUANDO a la mañana siguiente Hayley bajó a la planta de abajo, se sintió aliviada y decepcionada al mismo tiempo al ver que Jasper se había marchado a trabajar. Le había dejado una nota informándola de que en el camino iba a dejar a Daniel en el colegio. Ella había vomitado ya tres veces y se le revolvía el estómago al pensar en comer algo.

–¿Ha dado positivo? –preguntó Lucy a su amiga al llegar ésta al salón de belleza.

Hayley asintió con la cabeza, tratando con todas sus fuerzas de no llorar.

–No sé qué decir –dijo Lucy–. No puedo evitar pensar que Jasper te va a fallar. Sus antecedentes con novias embarazadas dejan mucho que desear.

–Yo soy su es... esposa –dijo Hayley–. No su novia.

–Lo sé. ¿Pero durante cuánto tiempo?

–No lo suficiente.

–Te ha utilizado, Hayley –dijo Lucy–. Estarás mejor sin él.

–No me ha utilizado. Es una persona maravillosa. Tú no lo conoces como yo.

–Sí, bueno, trata de decirle eso a la señora Beckforth. Ha concertado una cita contigo para las diez.

–Oh... –dijo Hayley, sintiendo cómo se le revolvía el estómago.

–Yo estaba dispuesta a darle una oportunidad a Jasper, pero después de lo que me ha dicho ella cuando ha telefoneado hace unos minutos, me he dado cuenta de que él no tiene buenas intenciones –dijo Lucy–. Dios, Hayley, ¿no te das cuenta? Se casó contigo para conseguir más dinero todavía, pero no le da ni un céntimo a la madre de su hijo para su manutención. Tú vas a acabar igual o lo harás si decides decirle que estás embarazada.

Hayley se mordió el labio inferior. No estaba segura de si debía contar lo que Jasper le había revelado, ni siquiera a su mejor amiga.

–Eres tonta, Hayley –continuó diciendo Lucy–. Cuando termine contigo te tratará igual que trata a Miriam.

–Siempre hay dos caras en este tipo de historias –señaló Hayley.

–Dios, él ha hecho un buen trabajo contigo, ¿verdad? Ese encanto letal Caulfield se ha cobrado una nueva víctima.

–Estás equivocada sobre él, Lucy –dijo–. Simplemente sé que lo estás.

–Eso habrá que verlo –dijo Lucy.

La puerta del salón de belleza se abrió y Hayley suspiró aliviada al tener que marcharse su amiga a atender a una clienta.

A las diez en punto entró June Beckforth, que en vez de sonreír como de costumbre, tenía cara de pocos amigos.

–Hola, señora Beckford –la saludó Hayley educadamente.

–Así que ahora eres tú su bombón, ¿no es así? –dijo June mirando a Hayley de arriba abajo y esbozando una mueca–. Pensaba que tendrías más sentido común, teniendo en cuenta lo que te he contado de él.

–Soy la esposa de Jasper, si eso es lo que quieres decir –dijo Hayley calmadamente, tratando de no dejarse intimidar por la venenosa mirada que estaba soportando.

–Te crees muy lista por haberte casado con él, ¿verdad? Pero no durará. Sé todo lo del testamento de Gerald. Lo cambió por mi hijo Martin.

–¿Qué quieres decir? –preguntó Hayley, frunciendo el ceño.

–Martin le dijo al viejo la verdad sobre Jasper. El pequeño y sucio secreto por el que Jasper daría cualquier cosa por mantener oculto.

Hayley esperó a que ella continuase hablando, pero tenía el corazón revolucionado.

–Jasper no quiere que Martin diga la verdad –continuó June–. Él dice que destruiría demasiadas vidas. ¿Pero crees que ahora nos importa eso? Nos ha estado pagando a ambos para que nos mantuviéramos silencio, pero yo no me voy a mantener callada durante más tiempo. Y mi hijo tampoco.

–¿Que os ha estado pagando? –preguntó Hayley, confundida–. Creía que la última vez que te vi dijiste que Jasper no le daba dinero al niño... por lo que yo puedo recordar, siempre has estado reprochando que él había abandonado económicamente a Miriam y a Daniel.

–No te lo ha dicho, ¿verdad? –dijo la señora, esbozando una triunfal expresión.

–¿De... decirme qué? ¿Qué es lo que no me ha dicho?

–El pequeño y sucio secreto que quiere mantener oculto a toda costa –dijo June–. Jasper no es el padre de Daniel.

Hayley se quedó con la boca abierta. No podía respirar con normalidad.

–¿Así que Jasper siempre ha sabido que Daniel no es su hijo? –preguntó finalmente.

–Sí.

–No comprendo. ¿Por qué Miriam no lo dijo desde un principio?

–Porque ella quería proteger a alguien... ambos querían. Cuando Martin se casó con ella, se enteró de la verdad. No hubiera dicho nada, pero está enfadado ante las acusaciones de Jasper. Y yo lo apoyo totalmente. Nadie va decir que mi Martin pega a su mujer y salirse con la suya.

–¿Así que Martin y tú estáis chantajeando a Jasper? –dijo Hayley con repugnancia.

–No conoces a tu marido muy bien si piensas que se lo puede chantajear. De vez en cuando nos da dinero, pero últimamente ha cambiado de actitud. Se ha inventado algunas mentiras sobre que Martin pega a Daniel, pero ese chico necesita que lo traten con firmeza. Cuanto más duramente, mejor.

–¿*Apruebas* ese tipo de violencia? –preguntó Hayley, sintiéndose enferma ante aquello.

–Daniel es un mocoso mimado. Necesita que lo metan en vereda. Martin ha intentado con todas sus fuerzas encauzarlo, pero no ha podido. Le dije a Miriam que debería haber abortado, pero parecer ser que alguien la convenció de que no lo hiciera.

–¿Sabes quién fue? –preguntó Hayley, llevándose una mano a la tripa.

–Jasper, desde luego.

Hayley se sintió muy avergonzada por la manera tan injusta en la que había juzgado a Jasper durante su vida adulta; él había sacrificado su reputación, su futuro, incluso el respeto de su padre para que un pequeño tuviera alguien a quien llamar papá.

–¿Quién es el verdadero padre de Daniel? –preguntó.

–Ésa es otra de las cosas que me sorprende no hayas adivinado.

–Pero no me lo vas a decir, ¿verdad? –dijo Hayley.

–Me estoy guardando esa información en la manga como una herramienta de negociación.

–No permitiré que me chantajees.

–Te estás convirtiendo en un clon de ese marido tuyo –dijo June, riéndose–. Eres tonta, Hayley. Te está utilizando de la misma manera en que ha utilizado a todo el mundo a su alrededor. Lo que quiere es Crickglades, no a ti.

–Lo sé.

–¿Así que sabes que se va a divorciar de ti en cuanto pueda?

–Me casé con él sabiendo lo que había.

–Tú lo amas, ¿no es así?

Hayley no se molestó en confirmar o negar aquello.

–Siempre supe que había algo entre vosotros dos –continuó June–. Cada vez que hablábamos de él podía sentirlo.

–Lo amo –dijo Hayley–. Él es un hombre maravilloso que ha sido calumniado durante casi toda su vida. Voy a hacer todo lo que pueda para compensarlo.

–Te va a romper el corazón –dijo June–. Él es un jugador, no es una persona perseverante.

–Estoy dispuesta a correr el riesgo.

–Tienes la cabeza en las nubes. Los hombres como Jasper nunca cambian.

–No quiero que cambie –dijo Hayley–. Lo amo tal y como es.

–Él no te va a corresponder. Siempre sigue su propio código.

–Por lo menos es un código moral –dijo ella–. ¿Cómo puedes dormir por las noches? ¿Qué clase de madre eres, alentando a tu hijo a que se aproveche de gente inocente de esa manera?

–Martin es un buen hijo –dijo June–. Le advertí que no se casara con una madre soltera, pero siguió adelante con ello. Ha tratado de ser un padre para Daniel, aun teniendo en cuenta que ese niño se resiste a todos sus intentos de educarlo.

–¿Y Daniel? –preguntó Hayley–. ¿Sabe *él* quién es su verdadero padre?

–No, y no le va a gustar enterarse de la verdad.

–Voy a tener que pedirte que te marches –dijo Hayley.

–Simplemente recuerda lo que he dicho –le recomendó June, acercándose a ella–. Y dile a tu marido que tiene una semana antes de que vayamos a la prensa a vender nuestra historia.

Al salir del trabajo, Hayley se dirigió a la parroquia de Raymond, donde lo encontró prendiendo una vela en el altar.

–Hayley, ¿qué ocurre? Has estado llorando. ¿Te ha causado Jasper algún disgusto?

–No. Simplemente sentí ganas de verte. Tengo tantas cosas en la mente. Dijiste que si alguna vez tenía problemas estarías ahí para mí... Bueno... pues ahora los tengo.

–¿Qué ha ocurrido? –preguntó Raymond, guiándola a uno de los bancos y sentándose.

–Estoy embarazada.

–Los niños son un regalo de Dios, Hayley –dijo tras una breve pausa.

–Lo sé... Deseo este hijo con toda mi alma, pero no se lo puedo decir a Jasper.

–¿Por qué no, querida? Él es tu marido.

–Pero tú sabes cómo ha sido para él. Lo ha amargado mucho y para colmo hoy me he enterado de que no fue su culpa.

–¿El qué no fue su culpa?

–Él no es el padre de Daniel –dijo Hayley–. La suegra de Miriam vino a verme y me dijo que el padre del muchacho es otra persona. No me ha dicho quién. Martin Beckforth y ella están utilizando esa información para sobornar a Jasper y obtener dinero de él. Durante todos estos años yo pensaba que él era un padre horrible. Lo odiaba por ser tan egoísta, cuando en realidad es la persona menos egoísta que he conocido. Ha sacrificado muchas cosas por un niño que desde el principio sabía que no era suyo.

–¿Sabe Daniel quién es su padre? –preguntó Raymond.

–No... eso es lo peor –respondió Hayley, parpadeando para apartar las lágrimas de sus ojos–. Parece que a June Beckforth no le importa el efecto que pueda causar en Daniel el saber que su padre sea una mala persona o un criminal.

–¿Es eso lo que te ha dicho? –preguntó Raymond, pálido–. ¿Que el padre del niño es un criminal?

–No... en realidad no. Sólo dijo que sería una bomba que se supiera. Incluso está amenazando con vender la historia a los periódicos. Por eso asumí que debía de ser alguien de mala fama, si no... ¿por qué habría querido Jasper guardarlo en secreto durante tanto tiempo? Está tratando de proteger a Daniel.

–No, no lo está haciendo –dijo Raymond–. No está haciéndolo para proteger a Daniel.

–¿Ah, no? –preguntó Hayley, perpleja–. ¿Entonces a quién *está* protegiendo?

Raymond la miró con la tristeza reflejada en los ojos.

–Lo está haciendo para protegerme a mí –reconoció.

–¿A ti? –dijo ella, parpadeando–. ¿Por qué estaría haciéndolo para protegerte a ti? Eres sacerdote, por el amor de... Quiero decir que tratas este tipo de temas todo el tiempo, conoces las confesiones de la gente y...

Hayley dejó de hablar al ver el brillo de las lágrimas que asomaron a los ojos de Raymond.

–Jasper lo está haciendo para protegerme, porque yo soy el padre de Daniel.

Capítulo 17

HAYLEY se quedó mirándolo en silencio, impresionada.

–He estado durante años intentando olvidarme de la única vez que rompí mi promesa a Dios. Le supliqué a Él que me perdonara y seguí adelante. Desde que era un niño y cantaba en el coro de la iglesia oí la llamada de Dios. No quería que nada me impidiera servir a la comunidad –explicó Raymond con la culpabilidad reflejada en la cara–. No tenía ni idea de que Daniel era mío. No hasta este momento. Al igual que tú, había supuesto que Jasper era el padre. Nuestro padre también lo supuso. Todos lo supusieron. ¿Por qué no iban a hacerlo? Jasper estaba metido en problemas todo el tiempo. Yo sólo cometí un error, pero no sabía que iría a tener esta clase de consecuencias.

–No sé qué decir... Esto debe de ser muy impresionante para ti –dijo ella–. Lo siento tanto... No lo sabía. Simplemente quería hablarte de mi propio dilema sin sospechar siquiera que tú pudieras tener relación con ello.

–Por primera vez en mi vida no tengo respuestas, Hayley –dijo Raymond–. Yo soy la persona a la que todos acuden pidiendo ayuda y orientación y aun así no sé lo que hacer. Pero no puedo dejar de pensar en el muchacho. Ese pobre jovencito nunca ha conocido a su verdadero padre.

–Yo creo que June y Martin están equivocados –dijo Hayley–. Creen que Daniel se llevará una decepción al saber quién es su verdadero padre, pero yo no estoy de acuerdo. De hecho, me pregunto si él no lo sabe ya. Jasper y él tienen una relación muy estrecha.

–Tengo que reclamarlo como mío. ¿Qué irán a pensar mis feligreses de mí?

Hayley le apretó el brazo, dándole ánimos.

–Pensarán que eres humano, Raymond, como el resto de todos nosotros. Nadie es perfecto y desde luego que nadie puede serlo todo el tiempo. Si Dios puede perdonarte, no veo por qué no podrían hacerlo tus feligreses.

–Eres una joven inteligente, Hayley. Jasper tiene mucha suerte –dijo él.

–Sólo durante un par de días más. Todavía quiere que nuestro matrimonio termine.

–Entonces seguiré rezando para que ocurra un milagro –dijo Raymond–. Vete a casa con él, Hayley, y cuéntale que estás embarazada. Dios sabe que desearía haber sabido que iba a ser padre todos aquellos años atrás.

–¿Incluso si hubieses supuesto que perderías todo lo que más querías? –preguntó ella.

–Yo no hubiese perdido tanto como ha perdido Jasper por mí –dijo–. Nuestro padre tenía muy mala opinión de él. Ha sido deshonrado por este asunto durante demasiado tiempo. Merece ser libre de ello.

–Miriam y él hicieron lo que en aquel momento pensaron que era mejor. Jasper sabía lo devoto que tú eras a tu fe. No hubiera dejado que nada se hubiese interpuesto en tu camino.

–Y aun así yo me he interpuesto sin darme cuenta en el suyo...

Cuando una hora después Hayley llegó a la casa, encontró a Jasper dando vueltas por el salón.

–¿Dónde demonios has estado? –exigió saber, furioso.

–He ido a hacerle una visita a Raymond. Quería...

–¿Te importaría explicarme qué quiere decir esto? –dijo, tirándole la prueba de embarazo.

–¿Dónde lo encontraste? –preguntó ella, paralizada.

–*Yo* no lo encontré –espetó él–. Rosario bajó las escaleras con la prueba en la mano, extasiada y felicitándome efusivamente. Por su reacción, supongo que la prueba dio positivo.

–Sí... sí, así es...

–Me he tomado la libertad de hacer tus maletas –dijo él fríamente–. Ya he mandado a Eric a que las lleve a tu piso. Los papeles del divorcio te llegarán lo antes posible.

Hayley se quedó muda. No podía creer lo que estaba oyendo. La impresión y el dolor se apoderaron de su estómago; estaba desesperada. Temió vomitar o incluso desvanecerse.

–Ya me advertiste que me iba a arrepentir de haberme casado contigo, ¿no es así? –dijo él–. Pero no pensé que lo fueras a hacer endilgándome el hijo de otro. La ironía, si tú supieras, es pasmosa. Pero no voy a entrar en el juego. Quiero que te marches de aquí; no quiero verte más.

–Jasper... –logró decir–. ¿No creerás que...?

–No me voy a quedar a escuchar tus patéticos intentos de escabullirte de todo esto –la interrumpió él–.

Ahora entiendo por qué accediste a casarte conmigo tan fácilmente en vez de con Lederman... pensaste que yo era mejor partido. No hay duda de que con lo que saques del divorcio te vas a fugar con él. Le oí decir algo sobre un bebé cuando estabas con él en el bar aquella noche. Debíais de tenerlo todo preparado. Él es el padre de tu hijo y queríais que yo lo mantuviera.

–No puedo creer que estés...

–Fue muy conmovedor que me dijeras que me amabas –prosiguió Jasper amargamente–. Casi me convences, lo que significa lo dura que te has vuelto. Pero te olvidas de que ya he visto todo esto antes. Estoy acostumbrado a las artimañas de las mujeres que nada más que piensan en el dinero.

Hayley estaba a punto de llorar, pero su orgullo insistió en que esperara a estar sola. Necesitaba tiempo para pensar; habían pasado demasiadas cosas en tan poco tiempo...

Observó, desolada, cómo él salía de la sala sin mirar hacia atrás. Entonces se quitó sus anillos de compromiso y de boda y los dejó sobre la mesa que había cerca del sofá.

Con el corazón destrozado, tomó su bolso y sus llaves y salió de la vida de Jasper...

Tres meses después...

–Ha llegado tu próximo cliente –dijo Lucy, asomando la cabeza a la sala donde hacían la cera.

–Pero no tengo otro cliente hasta las tres. Comprobé el libro de citas antes de que llegara la señora Pritchard.

–Ha sido una cita de última hora –dijo Lucy–. Es un

muchacho con problemas de piel. Me parece que sólo necesita una limpieza profunda o una exfoliación facial o algo así. Lo hubiera hecho yo, pero pidió que lo atendieras tú.

Cuando Hayley salió a la recepción, vio a Daniel Moorebank allí sentado.

–Hola, Hayley –saludó, sonriendo vergonzosamente.

–Hola, Daniel –contestó ella–. ¿Cómo estás?

–Estoy bien. En realidad muy bien... hum... aparte de mi piel, claro está.

–¿Qué puedo hacer por ti? –preguntó ella, que no veía que le pasara nada malo a su piel.

–Me estaba preguntando si podrías ayudarme a deshacerme de este grano –dijo el muchacho, ruborizándose y señalando un diminuto, casi invisible granito que tenía en la mejilla–. ¿Podemos... hum... hablar en privado?

–Desde luego. Pasa a la sala de tratamiento.

Hayley esperó a que Daniel se sentara en la sala antes de inspeccionar su piel.

–Tienes una piel estupenda, Daniel.

Él volvió a ruborizarse, recordándole a ella a su padre. Raymond le había contado sobre su primer encuentro con su hijo, lo conmovedor que había sido. Ella había tenido razón; Daniel ya sospechaba quién era su padre, pero le había prohibido a Jasper decir nada para proteger la reputación de éste en la comunidad. Pero finalmente Raymond había decidido abandonar el sacerdocio y comenzar una carrera como trabajador social, lo que ya les había aportado a padre e hijo mucha felicidad.

No había tenido noticias de Jasper. Le había enviado el dinero del alquiler, pero los sobres le habían sido devueltos sin abrir. Lo había visto en una fotografía de revista, rodeado de mujeres.

–¿Cómo... cómo estás? –preguntó Daniel, mirando de refilón la tripa de ella.

–Estoy bien –contestó Hayley–. Ya casi no tengo mareos matutinos.

–Eso está bien.

Se creó un incómodo silencio.

–Él te ama –anunció repentinamente Daniel–. Te ama de verdad.

–¿Quién?

–Jasper, desde luego.

–¿Entonces por qué no viene él aquí y me lo dice? –dijo Hayley, esbozando una dura mueca.

–Es demasiado orgulloso. No paro de decirle que tiene que solucionar esto, pero no me escucha. Estoy preocupado por él.

–Estoy segura de que encontrará a otra persona con quien consolarse. O varias personas.

–No –insistió Daniel–. No comprendes. Ha metido la pata con todo esto. Sé que no quiere divorciarse.

–Pues tiene una manera muy extraña de demostrarlo –comentó ella irónicamente.

–Él pensaba que ibas a tratar de quedarte con todo lo suyo, pero no le has pedido nada. Incluso dejaste en su casa los anillos que te compró. No se lo esperaba.

–¿Cómo crees que me he sentido yo durante los últimos tres meses, en los que he estado vomitando cada vez que pensaba en comida y sin nadie que me ayudara?

–Sé que debe de haber sido duro, pero él es un poco terco, como ya sabes –dijo Daniel, sacándose un trozo de papel del bolsillo de su pantalón y dándoselo a ella–. Debes leer esto antes de renunciar a él. Lo vi por accidente cuando estaba haciendo un trabajo en su ordenador. Es un correo electrónico de su abogado, documentando que el piso en el que vives es ahora tuyo.

Hayley se quedó mirando el mensaje, sin poder creer lo que decía; el piso estaba a su nombre.

–¿Por lo menos vas a ir a verlo? –preguntó Daniel–. Él se ha portado tan bien conmigo... Ha creado un fondo fiduciario para mí y que así yo pueda ir a estudiar Agricultura en un par de años. La casa que compró en las Southern Highlands también es para mí. Es lo que siempre he soñado hacer. No puedo creer que esté siendo tan generoso. Cuando tenga las licencias necesarias del ayuntamiento, va a crear en Crickglades un centro de menores. Está dejando los jardines como le gustaban a su madre para que todo el que vaya allí pueda disfrutar de ellos.

Daniel continuó hablando.

–Me he estado quedando con él muchas veces durante los últimos tres meses, pero no es lo mismo sin ti. Rosario dice lo mismo. Tú eres la única luz que él ha tenido en su vida desde hace años.

–¿Sabes una cosa? Está claro que eres un Caulfield. Ya muestras señales de ese encanto letal.

–No sé cómo pagarte por lo que hiciste al encubrir la verdad antes de que el esposo de mi madre pudiese ir a la prensa. Ahora tengo dos padres en vez de uno. Raymond es estupendo. Todavía no puedo llegar a creerme la manera en la que ha abandonado todo para estar conmigo. Pero Jasper es igual. El amor más grande que nadie puede mostrar hacia otra persona es entregar su vida a ella. Y Jasper lo hizo por mí cuando yo más lo necesitaba.

–¿Estará él en casa esta tarde? –preguntó Hayley, conteniendo las lágrimas.

–Me aseguraré de que así sea –dijo él–. Me esfumaré para que puedas hablar con él en privado.

–No tienes que hacer eso; también es tu casa.

–No por mucho tiempo. Voy a volver a vivir con mi madre ahora que ese asqueroso se ha marchado al pedirle ella el divorcio. Pero mientras tanto, voy a pasar cada vez más tiempo en casa de Raymond. Tenemos planeado hacer algunas actividades con niños sin hogar.

–Daniel, estoy tan orgullosa de ti... –dijo Hayley, llorando–. Eres muy especial.

–Entonces piensas que mi piel está bien, ¿no? –dijo él, levantándose.

–Todo en ti es perfecto, Daniel –dijo ella, dándole un beso en la mejilla.

Hayley respiró profundamente al llegar al interfono de la puerta de la casa de Jasper. Decidió no llamar y usó el código de seguridad. Todavía tenía llaves, por lo que también abrió la puerta principal. Cuando entró, parecía que no había nadie en casa.

Decepcionada, se sentó en uno de los sillones, preguntándose si Daniel no se habría equivocado y si Jasper no estaría con alguna nueva amante. Pero entonces oyó que él llegaba con su coche y se le aceleró el corazón. Cuando entró, ella se levantó temblando.

–¿Qué estás haciendo aquí? –preguntó él, pálido al verla.

–Quería verte.

–¿Por qué? –preguntó él, cortantemente.

–Pensé que te gustaría que te pusiera al día sobre los progresos de tu hijo –se apresuró a decir ella, no dejándose abatir.

–Parece que estás muy segura de que es mío, pero me gustaría que primero se confirmara.

–Eso se puede arreglar fácilmente.

—¿Accederías a ello? —quiso saber él.

—No tengo ninguna razón para negarme.

—¿Qué ha pasado con Lederman? —preguntó él, que no se había esperado aquella respuesta.

—Lo último que oí sobre él es que estaba navegando al atardecer con una rubia pechugona, heredera de una fortuna en acciones.

—Así que te ha dejado en la estacada.

—No —dijo ella—. Tú lo has hecho.

—¿Qué quieres decir con eso?

—Estoy embarazada de tu hijo.

—¿Y esperas que me lo crea?

—Sí, desde luego que lo espero.

—¿Por qué has venido? —preguntó Jasper.

—Porque Daniel me dijo que me amabas.

—¿Y lo creíste?

—Es un buen muchacho —dijo ella—. No tiene ninguna razón por la que mentir.

—Pero tú sí.

—Nunca te he mentido, Jasper. Te dije que te amaba y lo decía en serio. Voy a tener un hijo tuyo incluso si tú no quieres reconocerlo como tu hijo.

—¿De verdad es hijo mío? —preguntó, quebrándosele la voz.

Hayley comenzó a llorar mientras daba un traspiés hacia él.

—Pues claro que lo es, grandísimo idiota. ¿Cómo puedes pensar que miraría a otro que no seas tú?

Jasper la abrazó con fuerza y hundió su cara en el perfume del pelo de ella.

—Hasta que no vi la prueba de embarazo no me había dado cuenta de cuánto deseaba que fuera mío. Durante años me dije a mí mismo que nunca más reclamaría el hijo de otro como mío.

–Debe de haber sido tan duro para ti... Has tenido que soportar tanta presión... Todos te culpábamos.

–Aunque siempre supe que yo no era su padre, no me importaba mantener a Daniel –dijo él–. Miriam vino a mí para pedirme consejo y yo me ofrecí para hacer lo que fuera para ayudarla. Pero no pensé en la reacción de mi padre, que me exigió que me casara con ella, aunque ella y yo sabíamos que no era posible. Pero tampoco podía permitir que mi hermano perdiera todo por lo que tanto había luchado por un solo error, por lo que decidí aceptar las culpas.

–Daniel es tan hijo tuyo como de Raymond. Tú has sido el padre más maravilloso para él, como serás para nuestro hijo –dijo ella, mirándolo a los ojos.

–¿Así que estás dispuesta a arriesgarte conmigo? –preguntó él–. ¿A seguir casada conmigo y a criar juntos a nuestro hijo?

–Por lo que he visto, no hay ningún riesgo en ello, cariño –dijo ella, sonriendo embelesada y acariciándose la tripa–. No voy a dejar de amarte. No después de todo este tiempo.

–Yo también te amo –dijo Jasper de manera profunda–. No estoy seguro de cuándo comencé a amarte. Creo que fue poco a poco.

–¿Por qué no trataste de ponerte en contacto conmigo?

–Tomé el teléfono para hacerlo muchas veces, pero mi orgullo me lo impedía. No dejaba de repetirme que ibas a volver con Lederman y que yo estaba mejor sin ti. Pero Daniel me hizo darme cuenta de lo tonto que estaba siendo. Dijo que era idiota al dejar que alguien como tú se me escapara.

–¿Así que no nos vamos a divorciar? –dijo ella, acercándose aún más a él.

–¿Tú qué crees, nena? –dijo él, esbozando una sexy sonrisa–. ¿Te apetece seguir casada conmigo durante más tiempo?

–¿Qué periodo de tiempo tienes en mente?

–¿Qué te parece para siempre? –respondió él, acercando su boca a la de ella.

Hayley miró con ojos soñadores la sensual boca de él.

–¿Comenzando desde cuándo? –preguntó, susurrando.

–Desde ahora –dijo él, capturando con un beso el suspiro de alegría de ella.

Bianca™

Su relación había sido corta… pero cambiaría sus vidas para siempre…

El matrimonio de Luc Sarrazin y Star Roussel había sido breve, pero intensamente apasionado. Se habían separado casi inmediatamente después de casarse y Star había desaparecido, pero Luc nunca había llegado a pedir el divorcio. Dieciocho meses después, consiguió localizar a Star… y descubrió que había tenido gemelos!

Una noche con su mujer

Lynne Graham

Acepte 2 de nuestras mejores novelas de amor GRATIS

¡Y reciba un regalo sorpresa!

Oferta especial de tiempo limitado

Rellene el cupón y envíelo a
Harlequin Reader Service®
3010 Walden Ave.
P.O. Box 1867
Buffalo, N.Y. 14240-1867

¡Sí! Por favor, envíenme 2 novelas de amor de Harlequin (1 Bianca® y 1 Deseo®) gratis, más el regalo sorpresa. Luego remítanme 4 novelas nuevas todos los meses, las cuales recibiré mucho antes de que aparezcan en librerías, y factúrenme al bajo precio de $3,24 cada una, más $0,25 por envío e impuesto de ventas, si corresponde*. Este es el precio total, y es un ahorro de casi el 20% sobre el precio de portada. !Una oferta excelente! Entiendo que el hecho de aceptar estos libros y el regalo no me obliga en forma alguna a la compra de libros adicionales. Y también que puedo devolver cualquier envío y cancelar en cualquier momento. Aún si decido no comprar ningún otro libro de Harlequin, los 2 libros gratis y el regalo sorpresa son míos para siempre.

416 LBN DU7N

Nombre y apellido	(Por favor, letra de molde)

Dirección	Apartamento No.

Ciudad	Estado	Zona postal

Esta oferta se limita a un pedido por hogar y no está disponible para los subscriptores actuales de Deseo® y Bianca®.
*Los términos y precios quedan sujetos a cambios sin aviso previo.
Impuestos de ventas aplican en N.Y.

SPN-03   ©2003 Harlequin Enterprises Limited

Jazmín™

Mujer equivocada
Teresa Southwick

El jeque Malik Hourani, príncipe de la corona de Bha'Khar, era un hombre rico y poderoso cuya principal dedicación era gobernar su reino… pero la experiencia le había hecho temer el amor.

La bella Beth Farrah había sido prometida en matrimonio al jeque en el momento de nacer, pero tenía un secreto. Beth no era la mujer que él creía que era…

El cielo ardiente del desierto y la suave luz de las estrellas proporcionaban el ambiente ideal para un romance entre el jeque y su futura esposa…

Deseo™

Entre el deber y el amor
Maureen Child

Cuando su marido, Luke Talbot, se la llevaba a casa para protegerla después de haberla sacado precipitadamente de una fiesta de la alta sociedad, Abby se dio cuenta de que él tenía una doble vida. Sus secretos, por muy necesarios que fueran, hicieron que se sintiera insegura. ¿Cómo había podido casarse con aquel hombre, acostarse con él y entregarle su corazón sin saber quién era realmente?

Sus mentiras no le dejaron otra opción que pedir el divorcio. Pero entonces descubrió que Luke no estaba dispuesto a dejarla marchar fácilmente...

¿Qué secretos ocultaba su marido?